文治
© wénzhì books

更好的阅读

年月日

阎连科 著

江苏凤凰文艺出版社
JIANGSU PHOENIX LITERATURE AND ART PUBLISHING

图书在版编目（CIP）数据

年月日 / 阎连科著. --南京：江苏凤凰文艺出版社,
2021.6（2024.9重印）
ISBN 978-7-5594-5924-4
Ⅰ.①年… Ⅱ.①阎… Ⅲ.①中篇小说 - 中国 - 当代
Ⅳ.①I247.5

中国版本图书馆CIP数据核字（2021）第097148号

年月日

阎连科　著

责任编辑　王　青　张　倩
特约编辑　叶　青
封面设计　彭怡轩
内文插画　汪　芳
出版发行　江苏凤凰文艺出版社
　　　　　南京市中央路 165 号，邮编：210009
网　　址　http://www.jswenyi.com
印　　刷　河北鹏润印刷有限公司
开　　本　787mm × 1092mm　1/32
印　　张　4.25
字　　数　65千字
版　　次　2021 年 6月第 1 版
印　　次　2024 年 9月第 4 次印刷
书　　号　ISBN 978-7-5594-5924-4
定　　价　48.00 元

自序

神若来，黑夜的灵光是种朝阳色

对于一个写作的人，没有什么比回忆写作的写作更为温暖和忧伤，一如残迈的老人回忆年轻时的某个生日样。

到1996年秋，我已经有五年没有直腰走过路，却也没有真正驼背躬身弯过腰，那半畸半废的腰病和永远头晕、耳鸣的颈椎病，使我终年都在北方的几个省份跑着求医和问药，又在暗自落泪的缝隙里，不断地趴在床上写作。也就在这年秋，在偶然对偶然的帮助中，我腰椎、颈椎的疾病明显轻缓和舒适，有机会在西安远郊玉米地的空寂里，沿着一条小路一直一直地走，朝着旷荒无人的虚地去，感到人可以端直地走路是多么地幸运和愉悦，几乎是一种生命的美。落日在前面。野草在脚下。寂静在我四周响出噼里啪啦声。我正走着不知为何突然收住了脚。突然在一个深邃死寂的片刻间，脑子里门洞大开地闪出了一个光炫来——

“如果人类的祭日到来了，世界上只还有一个人和一粒种子会是什么样？”

我被这个念头震住了，甚至有些惊慌和骇然。

在这一瞬间，我看见黄昏的落日如朝阳一样明亮而透彻，在日光中飞舞的静谧带着甜味宛若舞蹈中的红绸子、蓝绸子。

我开始相信艾略特说的“灵视”了。

我看到神恩如微型闪电样，在我眼前突然一亮走了后，把它的光影留将下来了。如此我慌忙转过身，怔了怔，快步由寂静朝着人烟稠密的住处去，觉得我不再是一个残人和畸物，而是一个比谁都健康、比谁都更有生命力的人。回到住处收拾了行李去和恩医告别握了手，来日急急乘火车回到了北京的家。第三天，我一早仰躺在由中国残联工厂为我特意设计制作的椅架间，面向天空，胳膊双举，开始在横架头顶的活动板上举笔写作这部《年月日》。

一稿而就的一周后，我把这部小说寄给了《收获》杂志社。之后关于这部小说的阅读和热闹，使我对写作开始有了宗教般的“迷信”和神秘感——我开始相信好文学一定是一个人生命驿站的写字桌；相信文学的神至、神视和灵之光；相信神来时，文学的黑夜决然是种朝阳色。于是在日后，我每天都在握笔等待着神至、神视那一刻，像等着一间漆黑的屋里猛然透进一丝光；等着挡在面前的一堵墙，轰然塌下去，使我看见有条发光的路，一直一直通向遥远、伸到地平线对岸的天那边。然而那漫漫等待中的神视和灵光，一天天和一年年，它很少、很少再来过，如一个四十岁的人等不到二十岁的生日样；一个苍苍白发的人，吃尽了黑豆也等不到一头乌发来。就这么在漫漫默默的等待中，疾病又陪我过了二十几年去，虽然每天每年的苦等都落空，可我依然相信神视它还会来，即便在黑夜来了也是朝阳色，如同一个每天躺在病床上的人，天长地久地等不到花圈才是生命的美。

《年月日》是不是生命中一束干枯的花朵不重要，重要的是神曾经在虚荒死寂中光顾过我，让我相信虔诚握笔等待的人，终会在黑夜中再次看见灵至神视那束光。

2021年5月21日　北京

一

千古旱天那一年，岁月被日阳烤成灰，用手一捻转，日子便火炭一样粘在手上烧了心。一串串的太阳光，不见尽止地悬在头顶上。先爷从早到晚间，一天里都能闻到自己头发黄灿灿的焦煳味。有时把手伸向天空留一下，转眼间还能闻到指甲烧焦后的黑色臭味儿——操，这天！他总是这样骂咧着，从空无一人的村落走出来，踏着无垠的山脉和寂寞，眯眼斜射太阳一阵子，说瞎子，走啦。盲狗便聆听着他年迈苍茫的脚步声，跟在他身后，影子样出了村落去。

先爷走上山梁子，脚下把日光被踢得吱吱嚓嚓响。从东山脉斜射过来的日芒刺亮着，一竿竿削尖了的竹子样，打戳在他的脸上、手上、脚尖上。他感到脸上有被耳光掴打后的热疼了，迎着光的这边脸皱里，窝下的疼烫如藏匿了无数串烧红了的红珠子。

先爷去尿尿。

盲狗被先爷领着去尿尿。

半月来，先爷和狗每天睡醒后，第一桩事就是到八里半外的一面坡地去尿尿。那面朝阳的坡地上，有先爷种的一棵玉蜀黍。就一棵，孤零零在这荒年大旱天，绿得噼噼啪啪掉色儿。仅就这一棵，灰烬似的日子就潮腻腻地有些水汽了。尿是肥料呢。尿里有水养，玉蜀黍生长短缺的，都在他和盲狗蓄了一夜的尿水里。想到那棵玉蜀黍有可能在昨夜噌噌吱吱又长了二指高，原来身上的四片叶，已经变成了五片或六片，先爷的心里就毛茸茸地蠕动起来了，酥软轻快的感觉温暖汪洋了一胸膛，脸上的笑意也红粉粉地荡漾一层儿。玉蜀黍一长仅就一片叶，先爷想，槐叶、榆叶、椿树叶，为啥都是一长两片呢？

你说瞎子啊，先爷回过头，问那盲狗说，树和庄稼为啥叶子长数不一样？他把目光搭在狗头上，并不等盲狗作回答，就又转过头来思考琢磨着，独自前去了。把头抬起来，将手棚在额门上，先爷顺着日色朝向正西眺望着，看见远处山梁上光秃秃的土地呈出紫金色，仿佛还有浓烈烈一层红的烟尘铺在土地上。先爷知道那是歇息了一夜的黄土气，日光在田野晒久了，黄土的气息不得不生冒出来了。再近一些脚步看，网网岔岔旱裂开的山野大地的缝隙口，使每一块土地都如烧红后摔碎在山脉上的锅片儿。

村人们早就计划逃走了。小麦被旱死在了田地里，崇山峻岭都变得荒荒野野、空空旷旷着。一世界焦干的枯颜色，把庄稼人日月中的企盼逼得干瘪起来了。苦熬至这个种秋时，忽然间天上有雨云，村街上便有了一连串的敲锣声，唤着说种秋了——种秋了——老天让我们种秋了！老人们唤，孩娃们唤，男人女人唤，唤叫声戏腔一样悦着人心脾，河流般汇在村街上，从东流到西，又从西流到东，然后就由村头流到山梁上。

——种秋了。

——种秋了。

——老天要下雨让我们种秋了。

这老老少少、黏黏稠稠的唤声把整个山脉都冲得荡起来。本已落枝的麻雀冷丁儿被惊得在天空东飞西撞着，羽毛雪花一样飘下来。鸡和猪都各自愣在家门口，脸上厚了一层僵呆呆的白。拴在牛棚柱上的牛，突然要挣脱缰绳去，牛鼻挣裂了，青黑色的血流了一牛槽。所有家户里的猫和狗，都七脚八爪爬到房顶上，惊惊恐恐地望着村人们。

浓云密布了整三天。

三天间，刘家涧、吴家河、前梁村、后梁村、拴马庄和名为扳倒井的村，全部耙耧人都把存好的玉蜀黍种子拿出来，赶在雨前把秋庄稼点种在了土地里。

三日后，乌云散去了。烈日一如既往地火旺火辣着烧在山梁上。

又半月，有村人锁了屋门、院落门，挑着行李逃荒避旱去外面世界了。随之逃难的人群在三朝两日间，便如蚂蚁搬家般大起来，群群股股着，日夜从村后的梁道朝外面的世界拥过去，脚步声杂杂沓沓、无头无尾地传到村落里，砰砰啪啪敲打在各家的门上和窗上。

先爷是随着最后一批村人出逃的。农历六月十九日，他走在上百村人中，村人们说去往哪儿呀？他说往东走。村人们说，东是哪儿啊？他说正东是徐州和南京，走个三五十天就到了，那儿的人日子过得好。人们正东走。日光红辣辣地照在梁道上，脚下的烟尘升起落下时，扑通扑嗒响。然走至八里半，先爷不走了。先爷最后去他家田里尿了一泡尿，回来就对村人们说，你们往前走，一直正东走。

——你不走了吗？

——我家地里冒出了一棵玉蜀黍苗。

——那能挡住你不饿死呀？

——我七十二岁了，走不够三天也该累死啦。横竖都是死，我想死在村落里。

村人们也就犹豫一阵往前走了。由近至远的一团一片黑，在烈日下如慢慢消失的一股烟。先爷站在自家的田头上，等目光望空了，落落寞寞的沉寂便哐咚一声砸在他心上。那一刻，他浑身颤抖一下子，灵醒到一个村落、一道山脉、一个世界仅就剩下他一个七十二岁的老人了。他心里猛然间漫天漫地地旷荒起来了，死寂和荒凉，像突然降下的虚缈末世样，一下根植在了他全身。

二

这一天，当日越东山、由金黄转为红灿时，先爷和狗与往日无二地到了八里半的田头上。他老远就看见这块一亩三分地的田中央，那棵已经赛了筷高的玉蜀黍苗，在红褐褐的日光下，青绿绿如一股喷出来的水。闻到了吗？他扭头问盲狗，说多香呵，十里八里都能闻到这水津津、鲜嫩嫩的苗棵气。盲狗朝他仰了一下头，蹭着他的腿，不言不语朝那棵苗儿跑过去。

前面是深沟，沟中蓄满的燥热腾起来，这当儿涌来烫着先爷的脸。先爷把他仅穿的一件白布衫儿脱下了，揉成团儿在脸上抹一把。他闻到三尺五尺厚的一层臭汗味。多好的肥料哦，先爷想，等这棵玉蜀黍再长半个月，就把这布衫洗了去，把洗衣水从村里端过来，让玉蜀黍过年一样饕餮吃一顿。先爷把布衫爱惜着夹到腋下边。那棵玉蜀黍走到他的眼前了，一拃高，四片叶，没有再分出一片他想要的叶芽儿。在玉蜀黍苗顶看了看，把上面的几星尘灰轻拂掉，先爷心里的失落凉津津地淫了上半身。

狗在先爷腿上蹭几下，绕着玉蜀黍苗转了一个圈，又绕着转了一个圈。先爷说瞎子，你远点儿转。那狗就站着不动了，哼出青皮条儿似的几声叫，抬起头来盯着先爷看，仿佛有急不可耐的事情要去做。

先爷知道它憋不住那泡尿水了。到地边的一棵枯槐树上取下挂着的锄（先爷用完的农具都挂在那棵槐树上），回来在玉蜀黍苗的西边（昨天是在东边）嚓的一声刨了一个窝，说尿吧你。

不等盲狗撒完尿，猛然间，先爷七十二岁的老眼被啥儿扎住了。先是眼角扯扯拉拉疼，继而心里噼里啪啦响起来。他看见玉蜀黍苗最下的两片叶子上，有了点点滴滴的小斑点，圆圆如叶子上结了小麦壳。这是旱斑吗？我早上来尿尿，傍黑来浇水，怎么会旱呢？在弯腰直身的那一刻，狗的银黄色尿声敲在了先爷的脑壳上。明白了，那焦枯的斑点儿，不是因为旱，而是因为肥料太足了。狗尿比人尿肥得多，也还热得多。瞎子，我日你祖宗你，还尿呀你。先爷飞起一脚把狗踢到五尺外。狗像一袋谷子样落在板结死的土地上。我让你尿，先爷吼，你存心把玉蜀黍苗烧死是不是？

狗茫然地立在那儿，枯井似的眼洞里，冷丁儿潮潮润润了。

先爷说，活该你。然后恶了一眼狗，蹲下拉着嫩柔的玉蜀黍叶，看了看那青玉一样透亮的叶上的枯斑点，慌慌用手把锄坑中未及渗下的狗尿的白沫掬出一捧来，又把尿泥挖出几把丢到旁边去，拿起锄，盖了那尿坑，用锄底板在虚土上蹾了蹾，又对狗说我们走，回家挑水来浇吧，不立马浇水淡淡这肥料，两天不到苗儿就被你给烧死了。

狗便沿着来路往那梁上走。先爷跟在它后边，热乎乎的脚步声，像枯焦的几枚树叶打着旋儿飘在烈日中。

然而呢，玉蜀黍苗的灾难还是如先爷和狗的脚步声，跟着走去又跟着走来了。在它长到第六片叶子时，先爷去提水，到了井口边，有一股小旋风把他的草帽吹掉了。草帽在村街，骨碌碌朝前翻滚着，先爷连忙去追草帽，那筛子似的一团风，先慢后快总有一丈的距离和先爷保持着。先爷一直追到村口上，有几次都摸到草帽边儿了，那小旋风却又起脚急跑几步把先爷拉下来。先爷七十二岁了。先爷的腿脚大不如从前了。先爷想，我不要你这顶草帽好不好？全村除了我，再没有另外一个人，我开了谁家门还找不到一顶草帽呀。先爷收着身子停下脚，抬眼慢慢望出去，那旋风看到了先爷的心想一模样，忽然滚旋慢下来。山梁上孤零零有间草房子，庙一样竖在路边上，旋风到那儿，无力地撞到那墙上，便泄着身力不走了。

先爷从从容容地到那墙下边，朝软疲了的旋风踢几脚，弓身捡起那草帽，双手用力把草帽撕成一片又一片，摔在地上拿脚奋力跺着吼：

——我让你跑。

——我让你跟着旋风跑。

——有能耐你还跑呀你。

草帽便七零八落了。麦秸纯白的气息散开来，多少日子都是燥闷焦枯的山梁上，开始有了一些别的味道了。先爷最后把扯不烂的帽圈揉成一团儿，丢在地上踩上一只脚，在那帽圈上拧着脚尖问，不跑了？你一辈子再也不能跑了吧，太阳旱天欺负我，你他奶奶的也想欺负我。这样说着时，先爷舒缓一口气，把目光投到八里半外的坡地去，看着看着他的脚在帽圈儿上不再动弹了，嘴里的自语也忽然麻绳一样断下来。

八里半坡地那边是漫山遍野、火红火红的尘灰色，仿佛一堵半透明又摇摇晃晃的墙。先爷住愣了，一下灵醒到，那边的坡地上刮的不是小旋风，而是一场罕见罕见的秋旋风。他直立在烈日下的墙角前，心里轰然一声巨烈烈的响，仿佛身后的墙壁倒塌下来了，砸在了他的前胸后背上。

他开始脚急心急地朝着八里半的坡地跑过去。

远处摇晃滚卷的旋风墙，扬着半透明的尘灰色，这会儿愈加浓稠、起落荡动了，忽然间成了卷滚激荡的洪水的头，一浪起，一浪落，把山脉淹得一片洪荒汪洋着。

先爷想，完了啊，完了啊，怕真的要完了。

先爷想，刚才那股小旋风吹着我的草帽时，其实是风聪风慧把我召到山上来，就是要对我说前面坡地起了大风啦。先爷说，我对不住你哟小旋风，我不该朝你身上踢几脚。还有我的草帽儿，先爷想，它是好意才跟着旋风滚走的，我凭啥就把它撕了呢？我老了，真的是老了。老得糊涂了。不分好歹了。先爷边想边说着，自责声扯不断的藤样从他嘴里一股一团地吐出来。这么说着急急往前走着和跑着，当他感到心里平和下来时，远处黄浊的大风息止了，一直嗡嗡在耳里打仗一样的砰啪声，也跟着偃旗息鼓了。突然降在耳旁边的寂，使他的耳根有一丝隐隐的疼。日光也恢复它的活力了，强强硬硬着，使田地里发出清晰炽白的吱嚓声，宛若熟豆荚在烈日下爆裂样。先爷的脚步淡下来，喘气声开始均匀舒缓一些了，像女人在做鞋拉线一个样。

坡地便到了，先爷站在田头角，轰哗一声惊呆在那儿，呼吸血淋淋地被眼前的酷景烈像一刀斩断了。

那棵玉蜀黍苗被风吹折了。苗茬断手指样颤抖着，在生烈烈的日光里，流动着丝线一样细微稠密、绿乌乌的断茬伤。

先爷和狗搬到八里半坡地来住了。

先爷没犹豫，就像一个看瓜的老人在瓜熟时节必须住到瓜地样，他在那棵玉蜀黍的苗茬旁，埋下了四根椽子做桩柱，在四柱的腰身上，平架两扇门板后，再在柱子顶，苫了四领草围席，就把家搬到坡地了。他在棚柱上钉满了钉，将锅、勺、刷子都挂在那些钉儿上，把碗装进一个旧的面袋挂在锅下面，再在地边崖下挖了一个小灶儿，剩下的就是等着玉蜀黍苗茬重新发芽生长了。

忽然换了床，入夜先爷用尽力气也睡不实。天空中流动的月色和焦热，使他把唯一穿的裤衩脱下来，赤条条地坐在月下铺上抽着烟。烟明云暗间，他无意中看见了自己两腿间那东西，如灯笼一样半挑悬挂着，觉得丑到不能说，就又把裤衩穿起来。隔着裤衩摸摸那丑物，心里跟着伤哀着，想我老了，彻底老了呢，它对我再也没用了，再也不会带来一丁点儿快活了。想，有它还不如那棵玉蜀黍苗子呢。玉蜀黍苗的每一片叶子都让我受活，如自己年轻时和慕爱的女人在村头或井边立着打情骂俏样，湿润润的快活会在悄悄默默间，慢慢浸流湿润一个整身子。想着抽着烟，去磕烟锅时，火点砸在田地的夜色上，把身边的盲狗震醒了。

先爷说，你睡醒了？

那狗抬抬头。

先爷接着说，你是瞎子倒是睡得香。我是明眼人，反倒睡不着了呢。

狗爬着挪着过来舔了先爷的手。他把手抚在狗头上，一把一把梳着它的毛。梳着先爷就看见从瞎狗的两眼井洞里，津津流出了两滴清明明的泪。先爷擦了那泪说，老不死的太阳呵，你黑心断肠子，把狗眼都给晒瞎了。想到狗眼被晒瞎那件事情时，先爷心里被什么疼牵拽了一下子，忙把盲狗揽在怀里边，一把一把去狗的眼上擦着泪。这当儿，狗的眼泪竟如两股泉样湿了他的手。那事谁也料不到，先爷想，无论哪年月的旱，村人都要在村头搭上一架祭台子，摆上三盘供品和两个大水缸。在缸里盛满水，在缸面上画上水龙王。然后呢，把一只狗捆在两缸间，让狗头仰着天，渴了给它喝，饿了给它吃，不饥不渴时，就让它对着太阳狂汪汪地叫。往年往月里，这祭仪多则是七天，少则为三日，太阳就被狗吠咬退了，便刮风下雨或者阴天了。可是今年里，把这只从外村逃来的野狗捆在祭台上，让它疯咬急叫了半个月，太阳却依旧炽热着，准时时地出，准时时地落。在第十六天的正午间，先爷路过那祭台，发现两缸水被日晒狗饮干了一个缸，另一个也见了日阳烧焦了的缸底儿，再看这只狗，黑毛卷焦在一起，嗓子里再也叫不出一丝丝的声音了。

先爷放了狗，说你走吧，再也不会下雨了。

从祭台上下来的狗，往前走几步，忽然直往墙上撞，掉回头来走，又往树上撞，先爷过去拉着它的耳朵看，心里咚地一惊吓，才知道狗的一双眼珠被太阳晒化了，只留下两眼枯井在它的额下面。

先爷收留了这条狗。

先爷想，幸亏收留了这瞎狗，要不自己孤人在这山脉和谁说话哟。下夜到来了，天有些凉爽起来了，一天的燥热开始消退着。棚架上空的星月也开始收回它们的光，如拉渔网样，有青白色滴滴答答水淋淋的响。先爷知道这声音不是水滴声，也不是树声、草声，间或虫鸣声。这是空旷无物的夜，在极度寂静中挤出来的极度寂寥的响。他一把一把在狗的头上梳理着它的毛，沿着它的脊梁骨，抚摸到尾部重又把手拿到它的头上梳。狗已经不再落泪了。他不停地梳着它的毛，它不停地舔着他的另外一只手。这一夜，他俩被一种相依为命的温馨浸泡着，心里丝丝有声地沟通交流着。

他说瞎子哟，和你商量一个事，你要答应我。

那狗轻轻舔着他的手。

先爷抚摸着狗的额门问，我们两个成家过日子，你答应不答应？有个伴儿活着多有滋味呵。

那狗又重重舔着他的手心儿。

先爷说我活不了几年了，你能伴我到死我也算有个善终了。

它从他的手指一下一下舔到他的手腕上，舌路长得仿佛十里二十里。

任它舔了一会儿，先爷又问瞎子道，你说咱那棵玉蜀黍它还会发芽吗？狗没有再舔他的手。狗朝他点了一下头。他说是今夜生芽儿，还是明天、后天生芽儿？问着却又接着道，我实在瞌睡了，你别点头和摇头，我看不见了呢，你嗓子有声你就说话呀。你说是今夜生芽还是过了今夜生芽儿？问着先爷倒在棚架上，很快闭了眼，暗淡了的棚影湿水的薄纱一样覆在他脸上。他不再在狗的脊背上面抚摸了。他的手停在狗的脑壳上，安安然然睡着了。

三

先爷醒来已是日上三竿时。他感到眼皮火火辣辣针扎似的疼，坐起来，揉了眼，望着滚圆的一轮金黄依旧悬在正前方，心里骂了句日你祖宗八辈哦，有一天看我不掘了你日阳家的坟。之后他就看见了盲狗卧在地中央玉蜀黍的苗茬边。心里疑一下，问说发芽了？狗朝他微微点了一下头，他便很快从棚上爬下来，到那儿果然看见一节嫩萝卜似的苗茬边，又长出了青红如水的一个小芽儿，刚生的皂角树芽一模样，半指长，嫩得似乎一摸就要水珠似的掉下来，在太阳下润泽如玉闪着嫩嫩的光。

他想找一片树叶盖在那芽上，就到崖下的沟边绕了一大圈，空手走回来，又在小灶旁边站了站，拿起锄去槐树上钩下一根长杈子，回来把树枝轻轻放在芽苗上，又爬上棚架取了自己的布衫儿，往那枝上一搭展，把那芽苗遮盖在了一片阴凉里。

他说到，再也不敢有个长短了。

那狗听着声音看着他。

他说瞎子，吃饭吧，你想吃些啥？

那狗依然看着他。

一大早儿有啥吃，他又说，烧碗玉蜀黍糁儿汤喝吧，晌午饭再烧一顿好吃的。

新的玉蜀黍苗又长到两片叶儿时，先爷回村里找粮食。他家里的粮食一粒都没了。他想偌大一个村，各家的粮缸里漏下一把麦，罐里留下一撮面，也就够他和盲狗度过这场旱荒年景了。可是呢，回到村落时，他才发现各家的门户都锁着，蛛网从村街的这边扯到那一边。他先回到自己家，清清明明知道粮缸已用炊帚扫过了，可还是趴在缸上看了看，把手伸进面罐摸了摸。抽出手，他把指头放在嘴里嘬了嘬，面香的纯白气味即刻在他嘴里化开来，哩哩啦啦流遍他全身。深深地吸口气，吞咽了那气味，出来在村街上立下来。斜照的日光像一层均均匀匀的金液样，在村落中有声有响地流动着，越发让人感到寂到死里去。能摸到寂寞如同黑夜一模样。能用眼睛去摸房檐上滴落下来的日光声。先爷想，一个山脉的人都逃走了，贼不被晒死也被饿死了，我日你们祖奶奶，你们锁门是为了防我先爷吗？越是防我我越要撬门翻墙去。先爷说，别以为我不知道，你们谁家能不留一些粮食呢？不留粮食荒旱过去回来吃啥儿？不留粮食锁门干啥儿？

先爷在一家门口站住了。这是同姓本族一个侄儿的家，先爷想想又朝前边一家走过去。到了一家老寡妇的门口上。老寡妇年轻时，每年冬天都给先爷做一双千层底儿装羊毛的靴。现在寡妇离世死去了，她儿子住着这个老宅院。想到这个宅院给他带来的温馨和好，总如岁月一样久久远远地留在他空荡荡的心房里，先爷便朝那门上注目好一阵，又默默地朝前走过去。他的脚步寂寞而嘹亮，早年绿水深林间的伐木声音样，畅畅荡荡回响在村落中一家一家落了锁的大门外，又枯船一般从这家门口划到那家去。

他终于把村落走了一个遍。

太阳已在中天间。午饭该烧了。瞎子在这就好了，他嘟嘟囔囔说，瞎子在这它让我翻墙到谁家，我就不管不顾地翻墙到谁家。

于是先爷对着山梁上唤：

——瞎子——瞎子——你说我到谁家找粮好？

回答先爷的沉寂浩瀚而无边。

先爷泄气了，就地坐下吸了一袋烟，又空手往八里半的坡地走。回到那儿后，盲狗老远就摇着尾巴、顺着声音跑过来，用头在他的裤管上蹭来蹭去着。先爷不理它。先爷到槐树上取下锄，到棚架下取了一只碗，从地头开始一锄一锄刨起来。刨到第三锄，先爷刨出了两颗当初点种的玉蜀黍粒，黄灿灿完整无缺，被太阳晒得灼热而烫手。先爷找着当初点种时的行距和棵距，每一锄都能刨出一粒、两粒种子来。这样大约刨了能走几里路的工夫后，空碗里就盛满了玉蜀黍种。

美美吃了一顿炒玉蜀黍粒。

就水吃炒玉蜀黍粒的时候间，先爷和盲狗坐到棚架落下的阴凉里，冷丁儿哑然失笑了。各家地里都给我存有粮食哩，先爷说，我到地里刨半天，够我们两个吃三天。然到别家地里去刨时，却没那么容易了。许多人家都不是种地的好把式，点种时的行距、棵距不规整。还有许多家，当时为了赶在雨前把种子播下去，半大的男娃、女娃都掌锄刨窝了，他们锄高锄低，用力大小，点种得零零乱乱、七远八近着，远不如先爷播种那样均匀有律理。在往年，各家播种是决然不让孩娃掌锄的。可是今年这大旱，把啥儿都给错乱了。

先爷再也不能刨半天由他和盲狗吃上三天了。先爷出力流汗刨一天，顺手时可以吃两天，不顺手时仅仅可以吃一天。玉蜀黍苗一天一天长高着，静夜里生长的声音细微而稚嫩，如睡熟的婴儿呼吸样。那时候，先爷和狗坐在玉蜀黍的苗子边，歇着刨了一天的身，听着玉蜀黍苗的生长呼吸声，感到浑身的关节酥热而又舒畅。月亮出来了，女人脸盘样，挂在头顶的空旷里，星星明丽在月亮周围间，过年过节时新衣服上的扣子般，缀结在宽大无比的一块纯蓝色的绸布上。这当儿，先爷就要问盲狗，说瞎子，你年轻时和几个母狗有过那事儿？

狗便很遗憾似的和他对着脸。

他说你要说实话，这儿没别人，只有咱们俩，又夜深人静的。

那狗依旧遗憾茫然地和他对着脸。

不说就算了。先爷叹了一口气，几分沮丧地点着烟，对着天空道，年轻多好啊，身上有气力，夜里有女人。女人要是再聪慧些，从田地回去她给你端上水，脸上有汗了她给你递蒲扇，下雪天给你暖被窝。夜里和她不安分，一早起床要下地，她还会说累了一整夜，该多睡一会儿吧。那日子，先爷狠狠吸了一口烟，十里长堤一样吐出来，又把手抚在狗背上说，那样的日子和神仙的日子有啥两样呢，有啥两样呢。

先爷问，你有过那样的日子吗？瞎子。

盲狗依然沉默着。

先爷道你说瞎子，男人是不是为了那样的日子才来到世界上？先爷不让盲狗答，他问完了自己说，我说是。又说不过老了也就不是了，老了就是为了一棵树，一棵草，一堆孙男孙女才活着。活着终归比死了好。先爷说到这儿时，又吸一口烟，借着火光他看见玉蜀黍生长的声音青嫩嫩地飘在他眼前，线一样朝着他的耳边走。把目光往玉蜀黍苗边凑过去，看见过膝深的苗顶忽然蓬散了，又有一叶新的芽儿从那淡紫浅黄中间挣出来，圆圆一卷如同一根细柳笛。已经有九片叶子分分明明弓样弯在苗棵上。从地上站起来，拿锄在苗下刨了一个窝，他和盲狗都往窝里撒了尿，在窝里浇了三碗水，盖上土，三锄五落又在玉蜀黍苗下围了一个小土堆。生怕突然又有一场大风把苗棵再从根部吹断来，于是先爷连夜回了村，找来四领芦苇席，在玉蜀黍周围四尺远，桩下四根胳膊粗的棍，把那四领芦苇席院墙般围扎在棍子上，使芦苇席成了围墙席。扎那围席时，先爷说，瞎子呀，你回村找些绳子来，不拘形物啥绳都行呢。盲狗便深脚浅迹地沿着梁路摸索着回村了，至月移星稀时，它衔着先爷在那场风中撕烂的草帽回来了，先爷便用那草帽带儿把围席捆死在桩柱上。带子不够多，他又用了自己的黑裤带。

忙完这一切，东方泛白了。

围席圈儿在这晨昏中，如殷实农家门前围的一个小菜园。园中那棵孤独独的玉蜀黍，旗杆样立在正中间，过着一种富贵日子和年景，渴有水，饿有肥，正午时还有草席在圆顶搭着给它遮日阳，于是它欢欢乐乐疯长着，五朝七日后，竟把头探到围席外边了。

问题是日阳总是一串一串儿，井水终要枯干了。先爷每天回村挑一担水，每桶水都要朝井里系下十余次桶，每次搅上来，只能倒出一碗的泥沙水。有一种恐慌开始从井下升上来，冷冰冰浸满了先爷一身子。终于有一天，他把空桶系下去，几丈长的辘轳绳子全都用尽去，也才搅上来半碗水。之后要在井旁等许久，另半碗才能从井底渗出来。

井泉终枯了，像树叶彻底落了一样儿。

先爷想了一个法，天黑前把一床褥子系进井底里，让它浸吸一夜水，第二天早上把褥子从井底拉上来，竟能拧出半桶水，然后把褥子再系入井底后，提着水回到坡地里。洗锅水、洗脸水，次数不多的洗衣水，全都用来浇润玉蜀黍，这样水倒没有显出十分的缺。从褥子上一股一股往桶里拧水时，水汽凉凉地飘散在烈日间。先爷和日光打仗一样抢吸那水汽，抢着嘴里说，我七十二岁了，啥事儿没经过？井枯了你能难倒我？只要你地下还有水，我就能把你抠出来。太阳你有能耐你把这地下的水给晒干呀。

先爷总是胜利者。

有一天，先爷在他侄儿家田里从早刨到晚，刚刚刨出来半碗玉蜀黍粒。来日又换了一家地，却连半碗也没有刨出来。在后来的三天时间里，先爷和狗把一天间的三餐饭改为两餐饭，把黏稠的糁儿汤饭改为稀水糁儿汤。他感到事情严重了。他不能弄明白，当初各家都兢兢业业把种子种在了田地里，种子没发芽，本该一粒一粒都还埋在褐土下，可现在竟是半天刨不出半碗玉蜀黍粒。又一天，他忽然看到瞎子的肋骨从它的毛间挣跳出来时，心里嗖的一声有了一个冷噤儿。他试着去自己脸上提提脸皮子，竟然能把皮子从脸上扯起半尺高。脸皮好像一张包袱布样兜着一架骷髅头。他感到身上没有力气了。继而去把水褥子从井下搅上来，也要无休无止地歇上几歇儿。

先爷想，我不能这样饿死呀。

先爷说，瞎子，我们不能不跳人家院墙了。

先爷说，算借吧，落一场雨，来年有收成了我们还人家。

先爷提了一个布袋儿，摇摇晃晃回村了。狗跟在他后边，走路连一点声息都没有。天实在太热了，地上和着火一模样。他把大脚趾勾起来，用脚趾尖和脚跟挨着地，让脚心弓拱桥架着，躲着地面红火火的烫。盲狗则每走几步路，都要把前蹄抬起用舌头舔一舔。八里半的路，他们似乎走了有一年，到村口的一个牛圈下，先爷闪到墙阴里，脱掉鞋子不停地用手搓着脚。

狗在墙阴下耷拉着舌头喘了几口气，在一家墙角跷腿滴了几滴尿。

先爷说，你尿在那儿了？那就先借他家的存粮吧。他从布袋里取出一柄斧，把大门上的锁给砸开来。推门走进去，径直到上房屋门口，又砸开上房锁，一脚踏进屋里边，先爷猛地看到正屋桌上的灰尘厚厚一层儿，蛛网七连八扯着。在那尘网下，立着一尊老牌位和一个老汉富态的像。画像上长袍马褂，有双刀亮亮的眼，那目光穿破尘土，噼噼啪啪打在了先爷身子上。

先爷一下怔在那儿了。

四

这是老堡长的家。

老堡长死了才三年，目光还活活生生、锐锐辣辣的呢。瞎子，你也真是瞎子呵，先爷想，你怎么能把尿撒在堡长家的门口呢？先爷把斧子靠在门框上，躬身三拜后，又跪下给堡长磕了三个头，说堡长哟，耙耧山脉方圆数百里，遭千年不遇的旱荒了，男女老少都逃难走掉了，一个村、一个世界只剩下我和瞎子了。我们留下来守村落。我们已经三天没有正经吃过一顿饱饭了，今儿先到你家借些储存粮，明年还时绝不缺斤两。又说道，堡长哟，你忙你的吧，我知道这旱荒年月各家粮食都藏在哪儿。话毕先爷从地上站起来，拍拍膝上的土，提着粮袋到东间里屋去，潦潦草草看了罐，看了缸。不消说，缸罐都清清白白的。然先爷不懈气，他仿佛知道谁家的存粮都不会盛在鲜明明的缸罐里。他知道最该找的地方是床下。借着从窗子透过来的光，他把东屋的床下看得格外细。这年月逃难都走了，谁会把粮食摆着留给盗贼呢，是我也要把粮食埋到床下去。可堡长家的床下除了生白碱的青瓷尿盆外，委实干净得没有一丝虚土和疑迹。先爷又挪动了空缸和空罐，找了墙角和桌下，翻了柜里和柜外，砰啪之声在三间屋里不绝耳地响，折腾进去许多时间后，身上脸上的蛛网、尘土满天满地着，却也没有找出一粒粮食来。

先爷从里屋出来拍着手上的灰，说堡长呀堡长，你活着时候我没有做过任何对不住你的事，尽管我生日比你大半月，可我一辈子见你都叫哥，你家没有余粮你就说话呀，你让我在这白白翻腾这半天，好像我的力气用不完，好像离开你家我就借不到一把粮食了。

堡长自然是不语。

堡长不言语，先爷就几分睥睨地斜了他一眼，说也真是，白让我给你三拜又磕头。之后先爷拍了拍卧在门口的盲狗的脸。说走，先爷我就不信月亮一落就不见星星了。

依原样关了堡长家的门，把坏锁挂在门扣儿上，先爷一家一家进，一连撬砸了十几把锁，进了七户人家的门，粮缸粮罐，柜里柜外，床下和桌下，家家都找得细如发丝着，然而还是没有找到一粒粮。从第七户人家出来时，先爷拿了一杆称饲料的秤，一杆马鞭子（这是一家大车户，先爷帮他家赶过车），到村街惘然地立下来，把秤放在路边上，把鞭子扔在路中央，说我要这秤干啥呢，能找到粮食时，我可以用秤称一称，来年也好如数还人家，可粮食你在哪儿呀。说我要鞭子干啥呢，虽然鞭子能如枪护身子（先爷曾一鞭抽死过一只狼），可一个山野的动物都逃了，连个兔子都没有，这鞭子不是一挂废鞭嘛。各家大门的门板缝，都被太阳晒得比先前宽许多，先爷眯眼朝天上瞅了瞅，看太阳已中天，又到了午饭时，还没有寻到一丝粮食味，心里慌慌的感觉漫无边际地升上来。他让盲狗坐在村街上的墙阴下，说你在这儿等着吧，两眼瞎黑，到谁家你也看不到粮食藏在哪儿，然后他就朝另外一条胡同走去了。先爷专挑日子富足的人家才撬锁，可一连又三家，手里的粮袋依然空空瘪瘪着。从那条胡同回来时，日光把他的脸照成青白色，紫亮的斑点在脸上闪闪烁烁呢，晦气又浓又烈地在那满脸的沟壑之间淌动和堆积。他手里提了一个盐罐儿。盐罐里有半把盐颗粒。先爷在嘴里含了一粒盐，过来又给狗的嘴里塞了一粒盐。

狗用盲眼盯问他，难道没有找到一把粮食吗？

先爷不作答，忽然拿起地上的鞭子站在路中央，对着太阳噼噼啪啪抽起来。细韧的牛皮鞭，在空中蛇样一屈一直着，鞭梢上炸出一片青白色的霹雳来，把整块的日光和气流，都抽打得梨花飘落般，满地都是碎了的光华碎片儿，满村落都是过年时的鞭炮炸鸣声，直到先爷抽累了，汗水叮叮咚咚落下一地他才收了鞭子望着哪儿。

盲狗立在先爷前，眼眶茫然润润地湿起来。

先爷说，瞎子，不用怕，以后有我的一碗就有你半碗，宁可饿死我，也不会饿死你。

盲狗眼里涌出了两滴泪珠儿。泪珠嘭的一声掉下来，在地上砸出了两个豆似的坑。

回走吧，先爷提了盐罐儿，拿了鞭子和秤，说回坡地再刨种子去。

然而间，刚走两步远，先爷的脚便钉在了地面上。他看见一群要从村外进村的灰老鼠，每一只都如丰年一样又圆又胖着，灰黑亮亮在村口一堵墙阴下，不安地盯着村落里，盯着先爷和盲狗。霎时间，先爷的脑里哗哗啦啦有一扇大门洞开了。

先爷笑了笑。

这是村人逃难后，先爷第一次笑出声，老呵呵的声响如文火炒豆般，又沙哑，又脆啦。先爷说，饿死天，饿死地，还能饿死我先爷？

先爷领着盲狗迎着惊呆的老鼠走过去，说瞎子，你知道粮食都藏在哪儿吗？我知道，先爷我知道。

当夜里，先爷在山坡地里刨了三个老鼠窝，弄出了一升玉蜀黍的种子粒。先爷前半夜在棚架上浅浅睡一觉，待至下半夜，月明星稀时，地上溶溶一片明亮后，先爷让瞎子在那棵玉蜀黍的围席旁边守护着，自己独自到刨不出种子的田地中央坐下来，屏住呼吸，一动不动。这样静过半个时辰后，他就听到了老鼠叽叽叽的叫，不是欢乐和嬉闹，就是争食的打斗和跑动，再把耳朵贴到地面上，摸准老鼠叫的走向和方位，在那里插一根棍子做标记，回去扛了锄，绕着棍子翻地三尺远，一尺深，便准有一个老鼠窝。每个鼠窝里，居然都有大半碗玉蜀黍的种子粒。一粒儿不落下，连鼠屎带种子捧到碗里去，先爷又到第二块刨不出种子的地里如法炮制。

这样吃的问题竟然解决了。

很长一段时间内，先爷的日子过得忙碌且充实。一早儿起床，回村去绞拧井里的水褥子，回来吃过饭，把粮食中的鼠屎拣出来，盛在一个海碗里，碗满后就把鼠屎埋在那棵玉蜀黍旁。中饭后，午觉是一定要睡的，棚架上的日光虽然尖利利的锐，却没有地上蒸腾而起的燥热气，有时还会刮些温凉凉的风，如此觉也睡得更踏实。一觉醒来后，已经到了日红西山间。起床回村再拧提半桶水，暮黑便如期而至了。吃过夜饭和狗一道儿，陪着玉蜀黍在阴怖的寂中纳着凉，向狗和玉蜀黍提一些他常思考的老问题，如为啥庄稼总是一片一片叶儿长，而许多树叶、花草却是一对一对叶儿长？问得狗和玉蜀黍都哑口无言了，他便很得意地点上一袋烟，长而又长地吸一口，说还是我对你们说了吧，因为它是庄稼它就得一片一片叶子长；因为人家是树木和花草，人家就得两片两片叶子长。在有的夜晚里，野风习习地吹，先爷会向狗和玉蜀黍提些更为深奥的问题和疑惑，说你们知道吧，老堡长活着时，村里来过一个做学问的人，他说这地球是转的，转一圈刚好是一天，你们说这做学问的人，是不是闲暇才闲扯？既然地球是转的，为啥我们在床上睡时没有把我们转下床？为啥缸里的水没有倒出来？井里的水为啥没有流到村头成为一条河？人为啥总是头朝天走路？脚为啥总是落在地上不是朝着天？先爷说，照那闲人的屁话儿，说地球是吸着我们才睡着了不会掉下床，可是你们想，地球是吸我们，我们为啥走路还能抬起脚？这黑洞一样模糊深刻的疑惑和问题，先爷和狗和蜀黍谈论时，脸上的神圣正经八百着，手里燃了的旱烟吸灭也顾不上再吸再去装。到末后，疑问水落石出了，问题全都摆在了狗和玉蜀黍的面前去，先爷便有些懊悔地倒在田地里，把脸和远天平行着，让月色洗着他的脸，说我太给那读书人的面子了，他在村里住了整三天，我都没有去当面问问他。我怕他当着全村人的面，答不出来脸上挂不住。先爷说，他是靠着学问混饭吃，我哪能砸了人家的饭碗呀。

玉蜀黍棵长得一帆风顺呢，叶子宽得和巴掌样，一层层从地面直到围席外。它已经高出围席两头了，夜间生长的声音变得粗厉而喑哑。再过些许日，它的个头就算长成了。为了进出方便间，先爷把一面围席拆开来，七天前他进去和玉蜀黍棵比了个，玉蜀黍棵也就到他脖子下，可是又两天，它就到了他的额门前。今儿间，先爷又一比，它的棵顶竟高过他的发梢了。先爷想，再有半个月，它就该要冒顶了，再半月就该吐穗了。三个月后就该有一棒玉蜀黍穗儿长在天下了。先爷想，在这荒无人烟的山脉上，他种出了一棒玉蜀黍穗，剥下一碗颗粒儿，粒粒颗颗都如珍珠般，在旱过雨落后，村人们自世界外边走回来，可以用这一碗粒儿做种子，一季接一季，这山脉上又可以汪汪洋洋无垠着玉蜀黍的一片绿世界，我死了他们得给我的坟前立一块功德碑。

先爷自言自语，我真的是功德无量呢，功德无量呢。这样连连说着时，他就舒舒坦坦进了梦乡里。或这样说完梦话后，他还依然在梦里，人却从棚架上爬下来，梦游着到那棵刚锄过的玉蜀黍边，又精精细细地锄了一遍。静夜中的锄地声，单调而嘹亮，像一曲独奏的民间音乐样，在山脉上声悠声漫地传出很远很远直到山脉外。锄完地，他没有回去睡，又扛着锄到别的地块屏住呼吸声，听找着鼠窝里的粮种子。来日醒来时，他发现原来的空碗里，盛满了玉蜀黍粒儿和鼠屎，便会站在碗边愣许久，笑着问自己，这宝物是从哪儿来的？是从哪儿来的？

棚架柱上挂的那个粮袋子，已经装了半袋玉蜀黍粒，把他日子中的忧虑挤得无影无踪了。三天前的午时候，先爷正睡觉，盲狗忽然把他从棚架上哼哼唧唧扯醒来，咬着他的布衫儿，把他引到几十步外的一块田地角儿上。在那儿，先爷发现了一个老鼠洞，洞里有满满一捧玉蜀黍粒，回去称了有四两五钱重。原来盲狗可以找到鼠洞了，它在一块田里蒙头蒙脑兜圈子，鼻子嗅着地，有鼠窝的地方它便欢欢乐乐对着天空叫。

粮袋儿迅速胀起来，先爷再也不用夜半三更潜到地里屏息静气了。他只消把盲狗领到田地里，那田里的鼠窝便可以一个不漏地出现在先爷的锄下边（有一半鼠窝没有粮）。无论如何说，粮食是有节余了。那个粮袋几天间就满到口上了。然而在先爷高枕无忧时，他忘了该迅疾地把山脉上的鼠洞都锄掉。他不知道那些老鼠已经不再从点种的种子窝里把玉蜀黍粒儿刨出来，吞在嘴两侧，把它运回到窝里存起来。老鼠们被狗的叫声和先爷的锄声惊醒了，它们和先爷比赛似的消耗着它们的储存粮。直到有一天，太阳似乎比先前近了许多倍，一个山脉的土地都成了一块烧红的铁板时，先爷睡不着，想把粮食称一称，取出那杆秤，在阴处校了秤盘是一两，可到日光下，校过的秤盘重量却是一两二。

先爷有些惊疑了，他把秤拿到更毒日光的山坡上，秤盘却又成了一两二钱五。先爷愕然了。原来日光酷烈时，晒在秤盘上是能晒出斤两重量来。于是他跑到更远的山梁最顶上，在那梁顶秤盘的重量竟有一两三钱一，揭去一两盘，日光的重量就是三钱一分重。先爷又一连跑了远处四个山梁子，山梁一个比一个高，最高山梁上的日光是五钱三分重。

从此后，先爷就不断去称日光的重量了。早上日出时，日光在棚架周围是二钱，到午时就升到四钱多，落日时分又回到二钱重。

先爷还称过饭碗重多少，水桶的重量是多少。有一次，他称盲狗的耳朵时，狗一动秤杆打在他脸上，他在狗的头上狠狠打了一脑壳。

当先爷又一次想起一碗一碗称那一袋粮食的重量时，已经是称过日光的四天后，那一袋玉蜀黍已吃下好几成，把一碗一碗的重量算计到一块，先爷有些木呆了。剩下的粮食最多够他和瞎子吃半月。

到这儿，先爷想起他和盲狗有好多天没有到田里去寻鼠窝了。

哪料到，为时已晚呢。几天间，老鼠们有了召唤般，都已经把窝洞里的储粮吃完了。整整一个下午间，他领着盲狗找了七块地，挖了三十一个老鼠洞，人累得筋酥骨断着，才刨出八两玉蜀黍粒。到那日落时，从西山过来的血色红余晖，火烬样落在山梁上，卷了一天叶子的玉蜀黍叶，开始吐下一口长气缓缓展开来。先爷端着那半碗夹杂了鼠屎的玉蜀黍粒，灵醒到这山脉上的老鼠已经开始和他与瞎子争夺粮食了。

先爷想，它们都把粮食搬运到了哪儿呢？

先爷想，你再聪慧还能聪慧过我先爷？

当夜里，先爷和狗到更远的田地里去偷听老鼠叫，一整夜换了三块地，耳朵里清清白白，没有听到一丝鼠叫声。东方发亮时，先爷和狗往回走，他问狗说是老鼠们都搬家了吗？搬到哪儿了？它们搬到哪儿哪儿一定有粮食，我们必须得找到它们哩。那时候，日光在狗的枯眼上，照得生硬而绝情。狗把它的头扭向一边去，背着日光走。它没有听到先爷一连串的问话声。

于是先爷的声音提高了，他说瞎子呀，你说老鼠们会不会躲在哪儿和你和我作对啊？

狗的脚步站住了，它扭头捕捉着先爷递过来的话。

可是先爷不想再说啥儿了，他回到棚架下，查看了有孩娃手腕粗的玉蜀黍棵，要去村里绞拧井下的水褥了。挑上两个桶，让狗和他一道去，狗却卧在棚柱下边不动弹。先爷说，走呀你，到村里看看村里的老鼠都住谁家里，住谁家我们去谁家找粮食。听了这个话，狗终于又和他一道回村了。在村里，除了在井里绞上来两只喝水淹死的小老鼠，在街巷他们撬了门户的人家内，连一只老鼠的影子都没有。先爷挑着小半桶的水，再回到八里半的坡地时，事情却天塌地陷了。他们距坡地还有里余时，盲狗突然惶惶躁动不安着，不时发出一些半青半紫的吠叫声，一条一块儿，带着淤血的颜色和腥气。先爷加快脚步了。爬上一面山梁子，坡地出现在眼前时，盲狗突然不再哼叫了。它疯了似的朝棚架田地箭过去，有几次，前腿踏在崖边差丁点没有掉到沟里去。随着它嘭嘭啪啪的脚步声，板硬地里的日光被它踩裂开，响出玻璃瓶被烧碎后的白炽炽的炸鸣来。跟着它一落一跃的身子和脚步，尖厉狂烈的吠叫也血淋淋地洒在田地间。

这时候，先爷把目光跟着盲狗起伏跃动的身子望过去，顿时惊一下，咣当一声呆住了。

五

那一刻，先爷惊在田头上，先是从狗吠的缝隙听到了细雨麻麻的鼠叫声，再把目光投到田中央的棚架下，看见挂在棚柱上的那一满袋粮食落在棚架柱子脚，玉蜀黍粒在板结的地面滚来滚去着。一大片灰黑的老鼠群，三百只或是五百只，再或上千只，它们在棚架下争夺着那些玉蜀黍粒，从东窜到西，又从西跳到东，玉蜀黍粒在它们脚下翻滚着，在它们嘴边漏落着，淅淅沥沥的嚼声和老鼠们欢歌笑语的叽哇声，汇在一起暴雨一样在这面坡地遍洒着。先爷肩上的半桶水惊得忽然滑下来，有只桶叮叮当当往沟底滚过去。太阳在棚架下的一层鼠背上，闪烁出青灰色的光，像一堆干柴将燃未燃、浓烟下正有旺火生晕那一刻。

先爷惊惊呆呆立在那儿，看见瞎子朝着鼠群扑过去，头撞到了棚柱上，顿时半空中血浆横飞，地面上一片愣怔，狗和老鼠都陷在了死死寂寂的眩晕中。待一会儿醒转过来后，盲狗原地打着转儿狂吠着，为自己看不到老鼠在哪儿，急得用爪子去打棚柱子。老鼠们没有发现它的双眼失明了，被它的狂吠怒喝吓出了满地青黑墨绿的叫。一片惊慌声。一片叫骂声。寂静了两个来月的山脉突然沸腾起来了。先爷迅疾地朝着鼠群跑。他从老鼠群中跳过去，踩到一只硕大的鼠背上，听到脚下一声尖厉的惨叫后，另一只脚的脚面就感到溅落上去的鲜血滚烫如刚泼上去煮开了的油。先爷径直箭步到围席边，一个侧身闯进去，不出所料看见两只口渴的老鼠正在吃那青绿如水的玉蜀黍棵。听见先爷咚的一声撞进围席内，那对老鼠有了极细小的一个惊怔后，就从围席缝中逃走了。见玉蜀黍棵还笔直笔直地立在日光下，先爷高悬的心啪啦一声落下来。转身来到围席外，看见棚架下的粮袋里还蠕动着几只饿急了的黑老鼠，他操起围席上靠的锄，一下砸在粮袋上，立刻就有红珠子样的东西飞在日光下。跟着又是扑扑通通三五锄，鼠毛飞舞，满地血浆，跑剩下的几十只老鼠，麻乱出一片惊叫和惶恐，漫无目的地朝着四周逃射着，一眨眼不见踪迹了。

盲狗不咬了。

先爷扶着锄立在那儿喘着气。

太阳下到处是红浆浆的颜色和膻味。

耙耧山脉即刻安静下来了，死静又浓又厚比往日沉重许多倍。先爷猜想老鼠成千上万都藏在这附近，只要他一离开，它们就会再次扑过来。先爷往四周黄金亮亮的山脉上扫望一阵子，开始坐在锄把上，捡着地上的玉蜀黍粒，说瞎子，以后咋办呢？你能守着这儿吗？盲狗卧在被日光烧焦的土地上，吐着细长的舌，和先爷对了一个脸。

先爷说，我们没水了。

先爷说，现在你、我和玉蜀黍没有一口水喝了。

这一天先爷没烧饭。他和盲狗饿了一整天。入夜后，他俩守在玉蜀黍棵的围席旁，生怕再有老鼠来，只几口就把那棵玉蜀黍咬断倒下去。就那么守熬至天亮，也没有见到老鼠来。至来日正午时，先爷看玉蜀黍叶儿晒卷了，才把一对空桶挑上肩。

先爷说，瞎子，你守好玉蜀黍。

先爷说，你卧在阴凉处，把耳朵贴在田地上，有一丁点响动你就对着响处叫。

先爷说，我挑水去了，你千万留个心。

时间分分秒秒走过去，先爷终于又挑着少半桶井水走回来。一切都安然无恙着，只是他从井里把水褥绞上地面时，褥子上有四只喝水胀死的鼠，每一根毛都竖起来，倒是毛间的虱子还活生生地爬动着。饱饱吃了一顿饭，又要把玉蜀黍粒儿放在两块石头上砸成细碎的糁儿时，先爷开始犯愁了。玉蜀黍粒被一场鼠灾吃得仅剩下小半袋，先爷称了称，还有六斤四两重，一天三顿就是吃半饱，他和盲狗也得吃一斤。六天以后怎么办？

太阳又将落山了，西边的山梁被染得血浆浆的一片着。先爷望着那血红中的五颜和六色，想断粮的这一天终是要来了。想断水的那一天也许就在三朝两日后。他扭头看看已经开始冒出红白顶儿的玉蜀黍棵，想算算它还有多少日子才能吐出缨，多少天才能结出穗，却忽然想起有许多许多的日子过去了，他已经不记得这一天是几月几的时日了。时间在他这儿没有数目可以刻记了。先爷猛然意识到，他除了知道白天、黑夜、早上、黄昏、月落、日出这一天间的小时间，已经忘了年月日的大时间。他感到脑子里一片虚茫空白着。就那么在时间里木呆一会儿，他说瞎子，立秋过了吧？却又不看狗，自己喃喃说，说不定季节都已处暑了，玉蜀黍冒顶是处暑前后间的事。

先爷眯着眼，手里拿着一块蒸馍似的圆石头，在微凹的石面上一下一下砸着玉蜀黍粒，他看见瞎子在地上嗅了一会儿，便衔着一只死了两天的老鼠朝沟边走过去，到了离崖头还有几尺远，用头一甩扔，把那死鼠丢进了沟里。

先爷闻到了淡淡一股热臭的味。

狗又叼着一只死鼠往沟边走过去。

得弄一本万年历，先爷盯着狗，想没有一本万年历，日子就没有几月初几了，没有几月初几就不知道玉蜀黍到底啥时候成熟了。也许距熟秋还有一个月，也许还有四十天，可这么一段千里万里的日子每天吃啥儿？田地里的种子已经彻底没有了，都被老鼠们吃得净尽净尽了。先爷缓缓抬起头，听见遥远西边的哪儿，似乎有了一声叽哇哇的惨叫声，他将目光投到最远处，通过两道山峰中间的沟壑缝，看到太阳被另一道山峰吞没了，留下那红灿灿的山洪一样的光，从山顶一直泄到山底角，又漫到先爷的身边来。顷刻间，一个世界无声无息了。又将到一天中最为死静的黄昏和傍黑之间那一刻。要在往年往月里，这一刻正是鸡上架、雀归巢的光景时，满世界的啁啾会如雨淋一样降下来。可眼下，什么都没了，没了牲畜，没了麻雀，连乌鸦也逃旱飞走了。一世界只有死寂了。寂得光亮落在地上都有哗哗哗的响。先爷盯着血红色的落日看，见落日的光亮愈来愈薄着，听着那些红光离他越来越远如一片红绸被慢慢抽去了的响，收拾着石窝里的玉蜀黍糁儿，想又一天和前一天样过去了，明儿天的日子逼在眼前该要怎么过？

整整三天过去了，玉蜀黍糁儿无论如何节俭，还是锐减了一半多。先爷想，老鼠们都去了哪儿呢？它们都吃什么活着呀？

第四夜，他把盲狗叫到那棵玉蜀黍下，说你守着，要听见有了响动就对着正北叫。然后呢，他自己就扛了锄，上了梁道朝着正北走过去。到离村落最远的一块庄稼地，先爷把锄放在地心上，自己坐在锄把上，直至东方晓白后，他也没有听到一丝鼠叫声。白天他又领着盲狗到那块地里去，盲狗帮他找了七个老鼠窝，刨开后既不见有老鼠，也没有一颗粮食粒。除了米粒似的老鼠屎，就是烫手烫脚的黄礓土。寻着当初点种玉蜀黍种子的锄痕儿，沿着几十个的锄坑刨，也没有找到一粒粮种子。

先爷料断这山脉上没有一粒粮食了。

瞎子，先爷说，我问你，你说我们会活活饿死吗？

盲狗用它那井深的枯眼望着天。

先爷说，那棵玉蜀黍也别想长大成人了。

入了第五个夜晚时，傍晚的落日一净尽，夜黑噼噼剥剥到来了。漫山遍野都被覆盖在无月无星的墨色里。山野上焦枯干的树，这时候摆脱了一日里酷烈烈的光，刚刚得到一些潮润气，就忙不迭儿发出绒丝一样细黑柔弱的感叹声。先爷和狗坐在玉蜀黍的秆边上，让玉蜀黍叶在他的鼻子尖上撩拨着，他大口大口地吞着玉蜀黍的青稞气。粮食的气味从他的肠里穿街而过的马车样，呼呼隆隆轧过去，待那气味终于行驶到他的小腹时，他猛地一收腹，把肠子闸住了，将那气味堵截下来存在了肚子里。这么吞着粮食气，听见朦胧的月光落地时，他说瞎子，你也过来吞几口，吞几口你就不饿了。唤了两声不见盲狗有动弹，扭头看见狗像一堆软泥样瘫在围席上，伸手去拖拽，忽然吓一跳。狗肚皮鲜明地挂在狗的肋骨上，那肋骨刀子样割着他的手。先爷去摸自己的肚，摸到了一层干裂翘起的垢皮儿，揭下来扔在脚边上，再去摸那虚软如水的肚皮时，一下就摸到了自己背后的脊椎骨。

先爷沉默着。

在沉默中过了无头无尾一阵子，先爷说，瞎子，你看，月亮出来了，我们都睡吧。睡着就不会再饿了，梦其实也能当饭吃。

这时候，狗从地上站起来，趔趄着要往棚架边上去。

别爬棚架了，先爷说，就睡在这地上，把爬架子的力气省下来。

狗就又回来卧在原处不动了。

六

有弯上弦月，迟迟缓缓从一片云后露出来，山梁上开始有了薄薄一层的水颜色。蒙眬中先爷睁了一下眼，望望蓝瓦瓦的夜色祈祷说，老天爷，我快饿死了，你快给我一把粮食吧，让我多活一些日子哦，最少让我活过狗，狗死了我也好拣个上好地方埋了它，别让老鼠啥儿把它疯抢了，也不枉它来人世走一遭。狗死了你再让我活过这棵玉蜀黍，我是为了它才留下的，你总得让我有个收成吧。玉蜀黍熟了你再让我多活几天让我等到一场雨，等到村人逃旱回到山脉来，我把这玉蜀黍的熟穗交给村人们，这是一个山脉、一个世界的种子哩。先爷这样祈祷着，一手摸着一片玉蜀黍叶，一手从自己的胸口揭着污垢皮儿朝着地上扔。又将睡着时，他把双脚轻轻蹬在狗背上，说睡吧瞎子，睡了就把饿忘了，说不定做个好梦还能大吃一顿啥儿呢。说完这句话，先爷的上下眼皮哐当一合碰，踢踢踏踏便朝梦乡走去了。

先爷睡得正香时，他蹬着狗背的双脚动了动。随后间，狗吠声便青色的石块样砸在他的耳朵上。他猛然从地上坐起来，听见山梁上有低微一片的老鼠叫声，还有老鼠群急速跑动的脚爪声。狗立在围席外，正朝着梁道上一连声地吠。先爷走出来，拍拍狗的头，让它回到围席圈里守着玉蜀黍棵。正是天将白亮时，月光清淡且透亮，空气中有淡薄潮润的馨香味。爬上棚架子，蹲在面对山梁的这一边，先爷首先闻到了空气中有很强一股暗红色的鼠臊味，还有腾空扑扑的尘土味。他把双眼眨了眨，看到了梁道上溜着地面有层云一般的黑色鼠群在急速朝南运行着。他从棚架上下来了。他害怕鼠群会突然掉头朝这棵玉蜀黍扑过来。快步地到围席里一看，玉蜀黍棵依然青翠地直立着，瞎子竖起的两只耳朵黑亮亮地插在半空里。千万不能叫，先爷摸着狗的耳朵说，不能提醒老鼠们这儿有人烟，它们知道有人烟的地方就有粮食吃。

这时候，山梁上暴雨来临似的声音小下来。先爷拍拍狗的头，自己悄悄朝梁上摸过去。到梁道边上时，他看见不时地有十只、二十只掉队的老鼠尖叫着沿路朝南行。先爷无论如何也不敢信，原来板结如铁的梁道路面上，这时有了指厚的一层灰，老鼠的爪印一个压一个，一张路面上，没有可给插针的空地方。

先爷立在路边惊呆着。

先爷想，它们大迁要往哪儿去？

也许这场大旱要无休无止下去了。先爷说，不旱下去它们会这么搬迁吗？不是说老鼠除了怕没水，有木板、草席就不会饿死吗？现在连老鼠都举家搬迁了，可想这场大旱还要持续多么久远了。先爷独自思量着，欲要转身回去时，又隐隐约约听到了北边有淅淅沥沥的落雨声。他知道那不是雨，是又有老鼠的队伍过来了。身上紧一下，站到一个高处去，借着亮色朝着远处望，先爷身上的血脉顿时膨胀又顿时凝住了。他看见翻过一道梁子朝南涌来的不是鼠，而是一道沿路而泄的大洪水。青青紫紫的鼠叫在那洪水似的鼠队最前边，狼嚎一样尖尖怪怪地引着路，后边浪潮样的队伍一起一伏朝着前边涌，波波滚滚，哗哗滔滔，近了那细雨的声响变成了铺天盖地的暴雨声。许多老鼠突然跳起来，像鱼群从水面跃起样，又啪地落在水面似的鼠队里。天色已经开始泛白了，青色的空气中越发臊臭、刺鼻和呛人。先爷双手忽然捏满了汗。他知道这队伍只要一调头，他和瞎子和玉蜀黍棵，就谁也别想再活在这个世界上。它们已经饿疯了。饿疯了的老鼠连人的鼻子、耳朵都敢咬。他想跑回去告诉瞎子说，千万别弄出一丝响动来，可是已经来不及了呢。老鼠的队伍黑黑漆漆、雾团一样朝着这边卷，先爷疾忙闪了一下身，躲在了一棵胳膊粗的槐树下，看见鼠队前的几只老鼠硕大无比、浑身都是灰亮亮的毛，个头像小猫或是黄鼠狼。先爷从来没有见过这么大的老鼠。先爷想，这就是祖辈上说的鼠王吧。鼠王们的眼睛又绿又亮、闪着蓝莹莹的光。它们像飞马群样跳跃着，每次起跳少说有三尺远，腾起的尘灰毛毡子样铺在鼠队脊背上。先爷想咳嗽。先爷用手掐着自己的喉咙没敢咳出来。天色白亮了，凉爽的清晨如期而至着，瓦蓝的天空中，雪白的云如同鳞片般。不消说，太阳犀利的光芒怕要比往日更加尖锐着。不犀利尖锐鼠群会这样逃走吗？不犀利尖锐天地会这样大旱绝世吗？先爷从树后慢慢走出来，发现没有一只老鼠正视他一眼。它们害怕的不再是人，而是天空和太阳，是酷烈绝世的大旱荒。他一动不动地立在路边上，看着老鼠队伍嘶鸣着跑过去，听着掉下路面的老鼠如熟透落枝的柿子样，不断地响出啪啦啪啦声。先爷不明白，这些老鼠堆起来会比一个山头大，它们是如何集合到了一块儿的呢？它们为啥要有号令似的统一向南迁？南边是哪儿？那儿有粮有水没有日光吗？东方有绚红闪金的日光了，先爷看见所有老鼠的眼睛都是亮红色，一粒粒在路上如一片滚动的珠。有成百上千只被挤下路面的老鼠朝着两边的田野跑，一转眼不知消失到了哪儿。

七

太阳是彻底挣脱山脉跳升起来了，阳光里飞舞着一根根银灰、银黑色的毛，如春三月的柳絮杨花般。先爷在梁上长长舒了一口气，走下梁子脚步声在清寂的晨日中，显得苍老而无力，到围席里的玉蜀黍边，他看见瞎子正用盲眼盯着梁道那方向，冷汗一珠一粒挂在它的耳尖上。

他问说，怕了吗？

狗不语，过来软软地卧在了先爷腿脚边。

先爷又问说，是要有大灾大难了？

狗不语，望了望那棵青枝绿叶的玉蜀黍。

先爷一下怔住了。他看见玉蜀黍叶上有许多白斑点，芝麻点儿样。这是玉蜀黍久旱无水才可能得的干斑症。尽管天大旱，可这玉蜀黍从来没缺过水养啊。先爷在这玉蜀黍周围用土围了一个圈，几乎每天都往那圈里浇着水。他蹲着把那圈里的褐土扒开来，一指干土下，湿得一捏有水滴。先爷抓了一把湿土站起来，明白了那干斑症不是因为旱，而是因为这漫山遍野的鼠臊气。

所有的粪肥中，老鼠屎是最热、最壮的肥。先爷想，不消说这鼠臊的气息也是一样的壮热了。一夜的鼠臊把一棵玉蜀黍围起来，它能不热得干斑吗？把耳朵贴到一片叶子上，先爷听到了那些斑点急速生长的吱吱声。转身吸吸鼻，又闻到从周围汪洋过来的又焦又黑的鼠臊味，正河流样朝着玉蜀黍淌过来。

就是说，这棵玉蜀黍立马要被鼠味烧死了。

就是说，这棵玉蜀黍要活下来得立马下场雨，把满山毒气似的鼠臊压在山野上，把玉蜀黍棵上的毒气洗下来。

盲狗感到先爷的恐慌了，它一直盯着先爷看。先爷说，瞎子，你守着，我得回村挑水了。他不等盲狗说啥儿，迅速挑着水桶回村了。

村里依然安静得不见一丝声息儿。村街上的老鼠屎，密密麻麻一层着，一成不变的太阳把各家的门缝晒得更宽了。先爷顾不了别的许多事，他径直走到井台上，去绞系在井下的水褥时，手上的分量忽然轻得仿佛什么都没有，往日这时水褥哗哗啦啦朝井下滴水的声音消失了。先爷往井里看了看，这一看，他的脸色成了苍白色，双手僵在了辘轳把儿上。

过了许久先爷才把井绳卷尽在辘轳上。水褥没有了。水褥仅剩下一层千疮百孔的布，那布上有一层死后被水泡胀的老鼠尸，到井口时扑扑嗒嗒又掉进井里十几只。

水褥被跳进井下的渴鼠吃尽了。

先爷开始往谁家去找褥子或被子。

先爷首先到他找粮食的家户去，每到一家他都只在门口待片刻。村里被老鼠洗劫了。各家的箱子、桌子、柜子、床腿等，凡装过衣物粮食的，大洞小洞都被咬得如吃过籽儿的向日葵的盘。黄白色的木料味和鼠臊味，交缠混合着，盛满屋子又漫溢在院落里。

先爷跑了十余门户都空手出来了。

从村胡同中走出来，先爷手里提了三根长竹竿，他把三根竹竿捆接在一起，又去一家后院的茅厕找了一个淘粪用的小木碗（所有人家灶房的风箱、案板、木碗、陶碗都被老鼠咬得破裂了），他把木碗捆在竹竿最头上，三次伸到井下去舀水，舀上来的都是死老鼠。借着头顶的光，先爷往井里望了望，他看见井里没水了，一堆老鼠如半窖坏烂的红薯堆在井底里，还有几只活鼠在那些死鼠身上跑动着，往井壁上边爬出几尺高，又啪的一声掉下去，尖细哀伤的叫声顺着井壁升上来。

先爷又挑着空桶回到八里半的坡地里。

空旷的山脉在四周无边无际地延伸着，周围几里几十里，天和山脉的相接处，都如熊熊的火光一样燃烧着。先爷到坡地边上时，盲狗跑来了。先爷说井干了，没水了，死老鼠们把井给填满了。又问这儿有没有老鼠来？狗朝他摇了一个头。他说你和我都要死在这老鼠手里了，还有玉蜀黍，我们三个活不了几天了。

狗惘然地立在棚架的阴处望着天。

搁下桶，先爷到围席里边看了看，玉蜀黍棵每一片叶子的干斑都已经和指甲壳儿一样大。先爷在那玉蜀黍前沉默着，岁岁年年地不说话，直眼看着第十一片叶上的两个干斑长着长着连在一起了，变成长长一斑如晒干的豆荚时，他老昏的双眼眨了眨，脖子上的青筋如突出地面的老树根样翘起来。先爷从围席里走出来，从棚架上取下马鞭子，瞄准太阳的正中心，砰砰叭叭，转动着身子连抽了十几鞭，从太阳的光芒中，抽落下许多在地上闪移晃动的晶光和阴影，然后脖子的青筋下去了，把鞭子往棚架柱上一扔挂，便又挑起水桶，不言不语往梁上走过去。

盲狗盯着先爷走去的方向看，惆怅漆黑的目光里，有了许多泪味和凄然，直到先爷孤独寂寥的脚步声，弱小到彻底消失后，它才缓缓走回来，守卧在玉蜀黍棵下的日光里。

先爷去找水。

先爷认定鼠群逃来的那个方向一定有水喝，没有水它们如何能从大旱开始一直熬到今天呢？先爷想，之所以它们大迁徙，准是因为没有吃食了，有吃食它们怎么会把村落里凡有粮味、衣味的木器都吃得精光哩？先爷想，鼠们大迁徙，不是因为彻底没了水，而是因为没有吃食了。太阳的光芒笔直而红亮，先爷在山脉上独自走着时，那光芒显得粗短和强壮，如是烧红了的铁条般，每一束、每一根都能用眼睛数过来。一对空水桶，在先爷的肩前和肩后，发出干裂叽咕的哀怨声，像枯焦土地的叹息样。先爷听着那惨白的声响和自己脚下寂寂寥寥的土色踢踏声，心中的空旷比这世界的旱荒大许多。他一连走了三个村，那里的村井里，都盛满了草棒和麦秸，连半点发霉枯腐的潮味都没有。他决定不再去村庄中找水了，若村中有水村人如何会逃呢？他试着一条深沟一条深沟找过去，沿着沟底寻找地上有没有一星半点的潮润和湿泥。当他翻过几道山梁子，在一条窄细的沟中看到一块石头的阴面有一棵茅草时，他说操，天咋能有绝人之路哩？然后他坐在那块石头上，歇了一口气，把那棵茅草一根一段扒出来，嚼了茅草根中的甜汁儿，又把碎渣咽进肚子里，说这条沟里要没水，我就一头撞死在这块石头上。

他开始往沟里一步一步走过去，喘气声一步一掉落，如冬天的松壳掉在他面前。他不知道已经走了多远的路，刚才嚼茅草根儿时，太阳还半白半红在靠西的山梁上，可是这会儿，当他发现脚下干裂的土地被颗粒均匀的白色沙子取代时，太阳却在山的那边血红一片了。

八

先爷最终找到那眼崖泉时，黄昏已经压过来。在临近黄昏的光亮里，他先看到脚下的白沙有了浅红色，继而走了半天路的烫脚有了凉阴阴的惬意感。踩着湿沙往沟里走过去，待感到那沟的狭窄挤得他似乎肩疼时，滴水的声音便音乐一样传来了。先爷抬起头，看见有一片绿色哗啦一下朝他的眼前飞飘过来了。

心里轰隆一喜先爷立下来。

他已经五个月没有见过这么多的绿草了，他似乎忘了一片草地是啥儿模样了。水蓑草、绿茅草，还有草间开盛着的小白花、小红花和红白相间的啥花。燠燥泛红的闷热里，忽然夹了这么一股浓浓稠稠的青草味，腥鲜甜润，在沟底大大方方、有声有响地铺散着。先爷的喉咙一下痒起来。先爷想喝水。突然袭来的口干无可拒地在先爷老裂的唇上结住了。他看到了前边几步远滴水的崖下有筛子大一个水池子，水池掩盖在半铺席大的绿草间，仿佛那些草，是从一面镜下绿生到了镜面上。

然而就在先爷丢下水桶，要快步扑倒在水池边上畅饮时，先爷的脚步又僵在那儿了。他咽了一口扯扯连连的黏液钉住不动了。他看到那草丛后边站了一只狼。一只和盲狗一样大的黄豺狼。狼的眼睛又绿又利亮。黄狼先是惊奇先爷出现在那儿，随后看明白先爷挑的一对水桶时，那双眼变得仇恨而又凶狠起来了，它前腿微微弓起来，似乎准备一下朝着先爷扑过去。

先爷一动不动地钉在那儿，双眼一眨不眨地看着那只狼。他明白这狼没有逃走是因为这泉水。偷偷把眼皮往下压了压，便看见那水草边上还有许多毛，灰的、白的、棕红的。有的是兽毛，有的是鸟毛。先爷一下子灵醒这狼是守在泉边等来喝水的鸟兽时，心里有些寒战了。他看它瘦得那个样，也许它在这儿已经等待吃的有三天五天了。先爷瞟见两步远的一块沙石上，有干暗结皮的红血迹，有许多吃剩下的坏枣、坏核桃似的老鼠头和别的长长短短的灰骨头，这才闻到了清冽冽的腥鲜气味中，还有一种浊白灰灰的腐肉味。先爷握着钩担的双手出了一层汗，双腿轻轻抖一下，那黄狼就朝他面前逼了一小步。就在这一刻，黄狼逼近着，踢着杂草弄出青多白少的响声时，先爷迅疾一弯腰，猛地将钩担在半空一横举起来，对准了黄狼的头脸不动了。

黄狼和先爷就那么僵持着。

末了后，黄狼又被先爷的武横和钩担逼得朝后退了小半步，回到它原来站的地方去，圆眼中的绿光仇怨地朝着地上掉黄色。

先爷把目光盯在黄狼的双眼上。

黄狼也把目光盯在先爷的双眼上。

空寂的峡谷中，他们的目光碰撞着，回响出火辣辣黄亮刺目的噼剥声。崖上那一滴泉水有节奏地滴落着，蓝莹莹的响声如炸裂一样震耳朵。太阳将要落山了。时间如马队样从他们相持的目光中间快速奔过去。面前崖上落日的血红开始淡下来，有凉气从那山上往山下浸淫着流。不知从什么时候始，先爷的额上有了一层汗，腿上的困乏开始从脚下生出来，由下至上往小腿和大腿上浸着扩展着。他知道他不能这样僵持下去了。他走了一天的路，可狼在这儿卧了一整天。他一天没进一口水，可狼却是守着随时都能喝的泉。他用舌头偷偷舔了干裂的唇，感到舌尖挂在唇皮上，像挂在一蓬荆棘上。他想狼呀，守着这一池水你能喝完吗？说喂，你给我一担水，我给你烧一碗玉蜀黍糁儿汤。这样说着时，先爷把手里的柳木钩担抓得越发紧，钩担头儿对着狼的正额门，连垂在钩担两头绳系的钩儿都凝死没有晃一晃。

然而这时候，黄狼眼中的光亮却柔和下来了。它终于眨了一下眼，尽管一眨就又睁开了，先爷还是看清它青硬的目光里，有了几分水柔色。

先爷听见太阳下山的声音从山的那面落叶一样飘过来。他把指着狼额的钩担头儿试着放下来，终于就放在了一丛绿草上。

先爷说，我明儿就给你捎来一碗饭。

黄狼把前屈的双腿收了收，竟然又朝后退了一步远。先爷说，你走吧，我真的明天会给你带些好吃的。那狼这时好像果真听懂了先爷的话，慢慢掉转头，竟又朝后退两步，缓缓慢慢从水池边上绕过去，有气无力地往沟口走去了。走了几步远，还又回头看了看，脚步声空寂而和善，由响至弱地回荡在这条狭长的沟壑中。先爷一直望到黄狼走过几十步外的拐弯处，钩担从手里滑落在地上，他一下便软着身子瘫下来，擦了一下额门上的汗，打了一个禁不住的寒战后，这才知道自己连身上唯一的白布裤衩都被汗湿黏在了大腿上。

长长地舒下一口气，先爷蹲在地上再也无力站将起来了。他就那么蹲蹴着，朝前挪了几步远，到水池边儿上，趴下咕咚咕咚如渴牛样喝起泉水来。水从喉咙里吞流过去，像一道甜润的凉风从一条火热的胡同穿荡过去样。转眼间，凉润的水汽便从他的牙缝透到了脚板下。他一口气喝了满肚子的水，又爽爽洗了一把脸，看看崖头的日光还牛皮纸样厚着时，便提上水桶灌满水，把桶放在池边将裤衩脱下了。

先爷在水池边上洗了一个澡。

洗澡的当儿先爷说，黄狼呀黄狼，你今儿让我一担水，我明儿去哪儿给你弄一碗玉蜀黍糁儿饭？去哪儿给你弄些好吃的？可我答应了，总得兑现呀，那就给你捎几只老鼠吧，我知道你爱吃肉。先爷想，我老了，力气弱小了，不能不让你了。要在十年前，哪怕几年前，不要说捎给你几只老鼠吃，能放你从我的钩担下面过去就算我大慈大悲了。先爷唠唠叨叨，手嘴不停，把一池清水洗得混浊后，又在池边尿了一泡尿，崖头一纸厚的日光便薄淡成一抹儿浅红了。

掐了一把青草撒在两桶水面上，先爷开始挑着水桶慢慢往沟口走过去。两桶水把钩担压弯成了一把弓，一步一摇晃，青草在桶里坝着不让水花溅出来。钩担嘶哑沉重的叫，在沟壑里碰碰撞撞响到沟口去。先爷想，我是真老了，我该悠着步，在透彻的黄昏到来前，爬上梁路就啥都不消去怕了。月光会把我送回到坡地里，连夜把水喷到玉蜀黍棵儿上，那干斑症就不会吱吱啦啦蔓延了。

悠悠的先爷没想到，刚在沟壑走了一段路，突然又有一群狼把他堵在了沟口上。

是那只同瞎子一样大小的黄狼在最前引着路，到沟口看见先爷从沟里出来时，它们突然堵着立下来。也只堵立小片刻，前边引路的黄豺狼，回头看了一眼就领着狼群大胆地朝着先爷靠过来。

先爷浑身轰然一声炸鸣着，他知道自己落进了那条狼的圈套了。知道那狼不是为了让他挑水换食吃，而是去哪儿唤叫同类狼群了。先爷想，我不洗澡该多好，不在池边坐下歇息该多好；想我放快步子早些离开这儿，现在爬上了山梁让这狼群扑空该多好。他这样想着时，佯装出一种天不怕、地不怕的镇定来，不慌不忙把水桶挑到一块平地放下去，从从容容把钩担从水桶环上取下来，旋过身，提着钩担像没有把狼群放在眼里样，竟就迎着狼群走过去。他的脚步不急也不慌，钩担上的钩儿在他手前手后一甩一晃动。狼群迎他走过来。他也迎着狼群走过去。二十几步的距离迅速缩短着，至有十几步的远近时，他依旧从从容容往前大步地走，仿佛要一口气走至狼群中间去。

狼群被先爷的镇静吓住了。它们忽然都把脚步淡下来，站在沟口不动了。

先爷径直径直地往前走。

这时最前的两只黄狼往后退了退。这一退，先爷心里无着无落的悬空有些实在了。他开始更大步地走起来，快捷而猛烈，脚步声震得有细碎的沙石从崖上掉下来。狼群眼睁睁地注视着他。先爷走到这条沟瓶口似的一段狭窄处，乜了一眼沟两岸的峭壁，先爷不走了。先爷选定了这两步宽的沟口儿，知道这群黄狼不通过这段沟脖子，无法绕到他的身后把他围起来，便直直站定在了沟脖正中间。

剩下的就是对峙了。

先爷喝了一肚子水，饥饿和口渴，都被那泉水压了下去了。他想我只要立在这沟的脖子里，挺着不要倒下去，也许我就能活着走出这条沟。太阳最后收尽了它的一抹红。黄昏如期而至了，沟中的天色和这群黄狼的身子一模一样。静寂在黄昏中发出细细微微的响动声，开始从沟壑的上空降下来。先爷数了数，那些还没有明白先爷为啥这么从容的黄狼统共有九只，三只大的，四只和盲狗一样大小的，还有两只似乎是当年的崽。

先爷立在那儿如同栽在那儿的一棵树。

狼群中绿莹莹的一片目光圆珠子样悬在半空里。死寂像黑的山脉一样压在先爷和狼群的头顶上。先爷不动弹。先爷再也不弄出一点响声来。狼群似乎明白先爷刚才那么迅捷就是为了抢占那段沟的脖颈时，有条老狼发出了青红条条的叫。随后那狼群便又试着脚爪朝先爷走过来。

先爷把提在手里的钩担猛一下顿立在面前。

狼群立下了。

彼此距离七八步，借着黄昏前最后的那抹光，先爷看见那三只老狼中，有一只走在狼群正中间，它左边的耳朵缺了一牙儿，腿还有些瘸。先爷开始把目光盯在它身上。你你我我就这么僵持了一会儿，果然是那只老狼又发出了低声嘶哑的一条儿叫，狼群便又开始朝着先爷试脚走过来。余下五步六步远近时，先爷把钩担在空中猛一挥，双手紧持着，对准了狼群的正中间，对准了那只狼王的头。

狼群又一次立下了。

先爷盯着狼王不松眼，用余光扫着别的狼。在那九只狼中，先爷看到最亮的狼眼不是那三只老的狼，也不是那四只半大的狼，而是一会儿走在最前，一会儿走在中间的两只小狼儿。它们目光透亮，有一层日光下的水润在眼里，且那水润里，还有一层惊恐和慌乱。它们不时地扭头去看那狼王。狼王也不时地发出一些只有它们才懂的青红色的叫。黄昏前最后的那抹亮色消退了，黯黑从头顶盖下来。狼眼在一团黑中闪着碧水池子的光。有一股狼群的腥臊味，从沟口那儿扑过来。这臊味不同鼠臊味，显得清淡却又十分明晰着，不似鼠臊味那么浓烈黏黏的稠。先爷想到了那棵玉蜀黍，想那棵玉蜀黍身上的干斑也许已经把叶子全都布满了，也许已经蔓延到玉蜀黍的棵秆上。先爷想，只要不漫染到秆心里，只要玉蜀黍的顶儿还绿茵茵着就可救。先爷想着时，又听到狼王青皮条儿的一声叫，身上哆嗦一下子，猛眨一下眼，又忙对自己说，除了狼群这个时候你啥都不能再想了，再想你就要死在这群狼口了。幸亏先爷想到别处时，狼群的绿眼没能看出来。狼王的一声叫，狼群又要往前挪动时，先爷把钩担挥了挥，担钩儿撞在崖壁上的声响冷冰冰地传过去，往前挪了一步的狼群又往后边退了退。

僵持像悬桥样搭在先爷和狼王的目光上，他们每眨一下眼，那僵持就摇摇晃晃弄出一些惊心动魄的响动来。在这黄昏后的黑夜里，先爷看不见狼身在哪儿，他盯着那一片绿珠子似的狼眼不动弹，只要那些绿珠有一颗朝前移动了，他就把钩担摇出一些声音来，把那绿珠重新逼得退回去。时间和沉默，如老牛拉车样，在僵持中缓缓慢慢轧着先爷的意志走过去。月亮出来了，圆得如了狼们的眼，日子不是农历十五就是十六吧。沟口这儿有了一片透明薄薄的亮，凉风习习使先爷感到他的后背上，有几条蚯蚓在滚滚爬动着。他知道，他的后背出汗了。他感到了腿上的酸困麻辣辣地正朝着他上身浸。僵持正比往日的劳累繁重儿倍地消耗着他的心力和体力。他极想看到狼群因为纹丝不动的站立累得卧下去，哪怕它们站累了，动动身子，活动活动筋骨也是好。可是狼们没有一个动。它们呈着一个扇形在五六步外盯着先爷看，如经过了千年风吹雨淋的石头样。先爷听到了它们眼珠转动的细细碎碎的叽嘎声，看见它们背上的瘦毛在风中摆动着，毛和毛摩擦在一起，有了细吱吱的火光在闪着。先爷想，我能熬持过它们吗？先爷说，你死也要熬持过它们啊。先爷想，它们每一只都是四条腿，可你只有两条腿，又是过了七十的老人哟。先爷说，我的天，这才刚刚入夜你就这样给自己抽筋泄气儿，你不是平白要把自己送到狼口吗？有一只小狼好像站立不住了，它没有看狼王一眼就卧下来。跟着另一只小狼也卧将下来了。狼王对小狼看了看，发出了一声紫红色的叫，那两只小狼同时勾回头，哼出了嫩草叶样的回声后，狼群就又复归宁静了。乏累是先从卧下的小狼开始的。然而小狼这一卧，先爷如得了传染样，两腿也猛然软起来。他想活动活动腿，然而却只是用力把腿上的筋骨往上提了提，使膝盖骨上下动了动，就又挺挺立住了。你不能让老狼们看见你同小狼一样站立不稳了，先爷想，你只消有一点疲累的样，它们就会有力有胆地向你逼过来。能够不动地立住你就能活下来，先爷说，晃晃身子你就会永远死了去。月亮自正东朝着西南游移着，云彩从月亮脸上飘过去，他闻到了云彩里似乎也有一股焦干味，也便料定明儿天，又是晴空大日出，若在山顶上称日光，那日光最少有五钱或是六钱重。先爷把目光朝头顶瞟了瞟，他看见了月亮前边几十步远处有很浓一片云。他想月亮走到那儿时，云影一定会投到这条沟里一会儿。他如树桩样等到了那云影果真投过来，在云影黑绸般从他身上掠过时，他静默悄息地把双腿轮流着弯了弯，转眼就感到腿和上身的气脉接通了，一股活力从身上输到了腿膝上。他把微歪的身子正了正，钩担的钩儿弄出了湿纸撕裂般的响声来。也就这一刻，云影又朝狼群移过去，他看见那一片绿光如巨大的萤火虫样朝他挪动了。于是他猛地吼一声，把钩担朝两边的崖壁上狠命地掴打几下子。沙石落下的声音如水流一样在他脚边响动着，待那声音一住息，云影滑出沟脖到了沟口外，他便看见有五只狼离他更近了，仅还有四步或是五步远。他庆幸自己在云影中把筋骨松了松，让他能弄出那些震动有力的响动来，把狼群的进逼喝止住，使他僵持中的弓步站立能继续僵持到后半夜。

先爷想，我七十二岁了，过的桥都比你们狼们走的路还长。

先爷想，只要我不倒在这沟脖里，你们就别有胆靠近我。

先爷想，狼怎么会怕人站着不动的怒视呢？

先爷想，现在到了半夜吧，没半夜我的眼皮怎么会这么涩滞哩？

先爷说，千万不要瞌睡呵，打个盹你就没命了，瞎子和玉蜀黍棵都还等着你回呢。

那卧着的一对小狼把眼闭上了。先爷看见最亮的两对绿珠子，扑闪一下灯笼一样灭去了。他把握钩担的右手悄悄沿着钩担往前移了移，挨着左手时，狠命用指甲掐了左手腕，觉得疼痛从手腕麻辣辣传到了眼皮上，瞌睡像被火烧了一样惊着抖一下，从眼皮上掉在了沟壑间的月光里，先爷才又把右手移回来。又有一只半大的狼把身子卧下来，眼皮立刻塌下盖住了那绿莹莹的光。狼王用鼻子哼一下，那只狼扑闪扑闪眼，还是不管不顾地把眼皮合上了。

九

深夜里，时间的响声青翠欲滴着。星星在头顶似乎少了几颗去，月光显得有了凄苦意。先爷又有几次眨动眼皮了。他偷偷抬起一只脚，在另一只脚上踩了踩，才觉得眼皮从生硬中软和下来了。看一眼头顶的星色和月光，他知道他终是把半夜熬将过去了。下半夜已经如遥远的更声一样走过来，这时候，只要不弄出响动就这么直直挺立着，瞌睡就同样也会朝狼群降过去。

瞌睡果真潮湿一样降给先爷也降给狼群了。已经又有三只黄狼卧下了。狼王轻怒急躁的叫，没有能阻止住狼们卧下去。终于着，站着的就仅仅只有狼王了。先爷看着一片狼眼的绿光只剩两只时，他心里有了暗暗一丝惬意的喜，想只要这狼王也卧下就行了。它卧下我就可以偷偷地活动活动全身筋骨了。可那狼王不仅没有卧，而且还从狼群中间走到了狼群的最前边。先爷以为它要破釜沉舟了，背上一下子又汗津津地冷惊着。他把手里的钩担在沟脖的口上沉而有力地晃了晃，料不到那老狼在他的一晃间，将脚步淡下来，定睛看了看，在先爷面前走了一个半月形，又踏着月色回到了狼群最中间，然后咚地一躺卧，竟也把它的眼睛闭上了。

竟然所有的灯笼全都熄灭了。

先爷悠长地舒了一口气，两腿一软歪，就要倒在地上时，心里哐咚响一下，又把身子站直了。就在这一刻，他发现狼王的两眼扑闪了一个窥探又悄悄闭上了。先爷没有睡，他想狼王是在等着你睡呢。先爷从身边摸着拔下一根长藤草，解下自己的红布裤腰带，又把钩担的两个钩儿解下来，然后把这四样接成一根长绳子。这样做的当儿间，先爷故意弄出许多响动来。借着这响动，他看见有四只狼睁眼看了他，又都慢慢把眼睛闭上了。

不消说，它们是真的瞌睡了。

白淡的月光下，卧着的九只狼如一片新翻的土地样，腥臊味清冽冽地在那凸凹不平的地上散发着。先爷把鞋子脱掉了，光脚踏浮在那腥臊气味上，屏住呼吸蹑足往前走了两步后，把那根绳子绷紧拴在沟脖两侧的地面上，又悄悄后退几步来，将绳头儿系在自己手脖上，最后就拄着钩担，靠着壁崖，也把眼皮吧嗒一声合上了。

先爷睡着了。

先爷睡得香飘千万里，时光在他的睡梦里旋风一样刮过去。当他感到手腕惊天动地地被牵了一下时，他的梦戛然断止了。随着梦的中断他呼哗一下睁开眼睛，操起钩担砰的一声就对准了狼群那方向。

天竟灰亮了。

星月不知什么时候隐退得无踪无迹着。沟脖口的光亮是层深水色。先爷眨了一下眼，他看见系在几步前的绳子被狼踢断了。裤带像河水一样拦住了狼们的路。它们知道是那断绳惊醒先爷了，于是都有几分懊悔地立在那儿，看着先爷恶狠狠的威势和眼睛，也看着那蛇一样的红裤带。先爷把手里的钩担捏得有一丝丝的疼音响出来，将钩担的头儿对准狼群正中心。他数了数，面前还有五只狼，那四只不知去了哪儿，且狼王也不在这儿了。先爷脸上冷硬出一股青颜色，仍一动不动地盯着面前看，可心里的慌跳已经房倒屋塌地轰隆起来了。他知道，那四只狼只消有一只从他身后扑过来，这一夜的熬持就算结束了，他也就彻底死去了。

先爷在用力听着身后的动静和变故。

脚下的冷汗热水淋淋地湿了鞋底儿，他感到双脚像踩在了两汪冷水里。先爷竭力想弄明白狼王领着那三只半大的狼去哪儿了，他把目光往沟口瞟了瞟，看见有一抹薄金淡银的日光透在沟口上。他想太阳终是出来了，黄狼是不经晒的物，只要今儿的日光依旧火焰焰的滚烫着，黄狼们就会在日光盛旺之前退走去。先爷这样想着时，他闻到了一股浓烈烈的尿臊味，正想看看是哪只黄狼熬持不住放了尿，却忽然发现头顶崖上有土粒哗啦啦地滚下来。

先爷和狼群同时朝崖上抬起了头，他看见狼王领着一只小狼正从头顶往沟口走过来。又往沟的那面瞟过去，看见一对半大的狼和狼王一样正从高处朝着坡下走。先爷一下灵醒了，原来在先爷睡着时，那四只狼分两队朝他身后崖头摸过去，是想寻路下到沟底从他身后抄过来。可惜这条沟太过狭隘了，崖壁陡如墙，它们不得不重又从原路返回去。先爷有了一丝惬意在心里，这惬意让他身上的活力如日光一样旺聚着。也就这时候，太阳光吱吱叫着射进沟里边，狼王在崖头上发出了混浊无力的叫。面前的五只黄狼，听到那叫声，忽然就都抬头打量了一眼先爷和横在他面前的柳木钩担，踢踢踏踏掉转头，往沟口走去了。

狼群撤退了。

狼群终于在一夜的熬持之后撤走了，它们边走边回过头来看先爷。先爷依旧持着钩担桩在那儿，目光灼灼地盯着退回去的狼群，直至看到九只狼在沟口会在一起后，集体回头朝先爷凝目一阵子，才终于朝着沟外走过去。狼群的脚步声，由近至远着，终于如飘落尽的秋叶无声无息了。这时候，先爷的两手一松弛，钩担从他手里落下去，他感到腿上有热虫慢爬着，低下头去看，闻到那苍白色的尿味不是来自狼，而是从自己的腿上流下的。

是他被狼们吓尿了。

朝自己两腿间的老物件上打了一巴掌，先爷骂了句你这老没用的东西哦，然后坐下来，痛痛快快歇了一阵子，见日光越加利锐了，便起身提上钩担，一步一望地走到沟口那边儿，寻下一块高处站上去，四下望了一阵子，确信狼群已经不在了，才又回来重新拴系了担钩儿，挑上水桶沿着来路走回了，心里如凯旋轻快着。

年月日

十

先爷出沟后，很快找到一条小路爬上山梁子。他怕狼群折转回来，漫长一道山坡道，歇了三息就上了耙耧山的梁道顶。梁道上依然是红褐褐的一片红，此起彼伏的山梁脊，在日光下像一片牛群站着或卧着。居然相持退了九只狼，涌上来的惬意和暗喜，在先爷脸上灿灿跳着闪动着。他把一担水搁在平处喘歇一会儿，看见了那九只黄狼在远处爬上一面坡地后，背对日光留恋一会儿，朝耙耧山脉的深处晃过去。

先爷说，妈的，还想斗过我。我是谁？我是先爷呀！别说你们是九只狼，就是九只虎豹还能把我先爷怎么样？

先爷对着黄狼消失的方向狂唤了一嗓子——有种你们别走呀——有种你们和我先爷再熬持一天两天啊——然后又放低嗓子说，你们这一走，这眼泉水就是我的了，就是我和瞎子和玉蜀黍的了。先爷忽然想起了玉蜀黍，想起了它的干斑症，心里冷噤一下子，又趴在桶上喝了一肚子水，觉得肚胀了，不饥不渴了，便挑起两桶水，沿着梁路往耙耧山外走。

回到那独棵儿的玉蜀黍地已是午时候，从肩上放下水桶时，先爷忽然就蹲在地上不想再起来。一天一夜的寻水和狼的熬持与争斗，使先爷忽然觉得自己老到了上百岁，胡子枯干又稀疏，似乎在一夜之间长了一寸多。到八里半的坡地梁头时，他觉得他要像一棵无根的树样倒下来，搁下水桶歇息着，盲狗就摇晃到了他眼前。他看见它吐出的热舌上满是干裂的口，死了的眼窝里，汪了两潭灰黑的水。狗哭了，哭得撕心裂肺呢。它不是一步一步走到先爷面前的。它是听到有虚弱的脚步后，闻到了空气中有清凉凉的水飘汽，才迎着水汽朝梁上一步一趔趄地摇过来，到了距先爷还有三步五步时，猛地往地上一瘫软，它就再也不能走动了。

爬过来吧，先爷说瞎子，我一步也走不动了哩。

盲狗爬了几步也像死了一样不动了，只是眼眶里的泪水愈加汪汪洋洋着。我知道你又渴又饿呢，先爷说，能活着就啥都好了。然后先爷趴在桶上噙了一口水，蹲着朝狗挪过去，嘴对嘴吐在狗嘴里，就见瞎子咽了那口水，眼里的泪愈发汪洋横流下来了。流着泪，盲狗又扭头对着太阳看了看。

这一看，先爷心里哐通一声响，身上又一个冷噤儿，忙问狗说是不是玉蜀黍已经死过了？盲狗把头低下去，汪满两眶的眼泪便凝在黑井似的眼眶里，面对着先爷不动不说话。

先爷抓起钩担当作拐杖拄在手里边，疯了一样朝玉蜀黍那儿蹚着脚步走过去，脚下踢着滚烫的土，到棚架边上时，看到在酷烈的日光下，那玉蜀黍的叶儿再也没有半点绿，连原来青白色的叶筋也成枯干、黄焦了。完了完了呢，先爷想玉蜀黍终是死了去，他挑回的一担水来不及浇它救它了。不是你熬持败了那群狼，先爷说，是狼群熬持败了你先爷。它们是知道玉蜀黍死了才掉头撤走的。它们压根儿不是为了吞吃你先爷，它们和你相持一夜就是为了熬死这棵玉蜀黍。一种苍茫的哀伤雨淋一样淫满了他全身。在这一念间，先爷彻底垮下了，浑身泥样要顺着钩担流瘫在这田地上。可在这将要倒下时，先爷往玉蜀黍的顶部看了看，顶部的一圈干叶中，有一滴绿色砰的一下撞在了他的目光上。

将钩担一丢甩，先爷往玉蜀黍棵前走过去。

玉蜀黍的顶心还活着。在火旺的日光里，顶心还含着淡淡一层绿颜色。翻开面前的一片玉蜀黍叶，看见叶背的许多地方还有薄绸一样的绿，麻麻点点如星星样布在干斑叶的缝隙里。那弯弓般的一条叶筋儿，也还有一丝水汽在筋里迟迟缓缓流动着。

先爷快步地朝着梁上走过去。

先爷走了几步又折回身子拿了一个碗，到梁上舀出一碗水，放在盲狗的嘴前说，玉蜀黍还活着，喝完了把碗捎回来。就提着一桶水回到玉蜀黍棵的面前了。他趴在桶上灌了一口水，拉过玉蜀黍顶儿到嘴前，雨淋般朝那一滴绿色喷过去。即刻间，黄焦的日光里，就蔓生下一片绿色水润了。红铁板似的日光上，先爷喷出的水珠落上去，有焦白吱吱的声音响出来。不等那水珠落在田地里，日光就把那水珠狼吞虎咽了。一连往玉蜀黍顶上喷了七口水，如下了七天七夜的暴雨样，把玉蜀黍的顶儿洗透了，待一点老绿中泛出了原来闪烁的嫩色后，先爷把水桶提在玉蜀黍棵儿下，用碗舀水一片一片去洗着玉蜀黍叶。他把碗放在要洗的叶子下，使从叶上落下的水珠重新落在水碗里，碗接不住的让它落到水桶里。滴答声音乐样响奏在一根根粗粗壮壮的光芒上。他从这片叶子洗到那片叶，洗至第四片叶子时，他看见盲狗衔着碗从梁上回来了。把碗放在棚架下，狗过来立在先爷腿边上。先爷说，还渴吗？有泉了，尽管喝。盲狗朝他摇了一下头，用前爪去玉蜀黍叶上摸了摸。

先爷说，叶子都还活着哩，你放宽你的心。

狗在先爷的腿边舒口长气卧下了，脸上的表情柔和而舒展。

就在盲狗的尾巴后，先爷又去舀水时，看见有坏茄子样一团黑东西，近下一眼看过去，东西上有干枣般的一块红。先爷过去朝那东西上踢一脚，原来是一只死老鼠。回过身来瞅，发现围席圈里还有几只死鼠躺在那儿。再到席外去，竟看见乱乱麻麻死了七八只，每只上都有枣皮似的红和被牙咬的洞。不消说，是瞎子咬死的。先爷把盲狗叫起来，问是不是你？狗便衔着先爷的手，把那手扯到玉蜀黍的根部上，先爷便看见玉蜀黍的根部有被老鼠咬伤的口，汁水儿从那口中流出来，被日光一照晒，呈出一滴蓝黄色的胶团儿。先爷在玉蜀黍的伤口面前坐下了，用手抚了那胶团，然后用锄把玉蜀黍棵下的黄土围得更高些，将棵秆的伤处拿土包起来，还又朝那儿倒了一碗水。做完这些先爷又去狗的头上摸了摸，说瞎子呀，多亏了你，我死后下辈子阎王让我脱生成畜生时，我就脱生成你；阎王让你脱生成人时，你就脱生成我孩娃，我让你为人平平安安一辈子。话到这儿后，盲狗的眼眶又湿了。先爷去它的眼眶上擦了擦，又端了一碗清水放到它嘴前，说喝吧，喝个够，以后我去挑水你就得守着玉蜀黍。

玉蜀黍终于又活生过来了。

先爷一连三天都用一桶水去淋洗玉蜀黍。三天之后的一个早晨间，先爷便看见玉蜀黍顶是片盛绿色。玉蜀黍棵的每片叶子上，绿色从背面浸到正面去，一滴水落在草纸上一样扩大着，干斑症便在那绿色的侵逼中慢慢缩小着。又几日，从梁上朝下远眺时，就又能看见一片绿色孤零着在日光下傲傲然然地摆动了。

接下来的苦境遇，是先爷和盲狗粮食吃完了。

连一天只吃半碗糁儿汤的日子也告结束了。第一天没吃丁点啥东西，还挑了两半桶的泉水从三十里外晃回来，第二天再挑起水桶出去时，一到岭梁上，先爷便眼花缭乱，天旋地转得走路绊脚儿。先爷知道他不能再去挑水了，便从梁上回来喝下一肚子的水。到了第三天，先爷倚在棚架的柱子上，望着如期而至的辣日出，看到月牙儿还没有隐下去，锐利的日光就毕毕剥剥晒在了梁地上。这时先爷把盲狗抱在怀里边，又说睡吧瞎子，睡着了梦也是可以充饥的，然后他自己就把眼睛闭起来。先爷闭眼想了一会儿啥，至日光在他脸上晒出一股焦煳气，他又起身喝了半碗生水去充饥，结果忍不住想要尿。然尿了更感饥饿了。如此反复几次地喝，锅里的水也就只还剩有一碗余。

先爷说，不能再喝了，剩下的是玉蜀黍的口粮了。

太阳逼至头顶那一会儿，先爷秤了日光的重量是五钱。于是先爷嘟囔着，妈说我操你祖宗这日光。

后来日光有五钱半的重量了，肥胖胖地逼在天地里。

先爷朝天上很无奈地望一眼，说瞎子，我们还能熬持下去吗？

到太阳光的重量将近六钱时，先爷拿手去摸盲狗的肚，发现盲狗的肚下软得如一堆烂泥样。

先爷说，你身上没有我身上的肉多啊，算我对不住你了哦。

又摸自己肚，却薄软得像一张水湿了的纸。

先爷把目光随便望着哪儿，说瞎子，千万睡上一会儿，睡醒了也许咱们就有吃的了。

狗就卧在先爷的腿边上，不言不语，身上的每一根毛，都又细又长着，枝枝杈杈，毛尖上开了几须毛花儿。这时先爷真的想要睡，想睡着那一会儿，毕竟就会把饿给忘掉哩，可又每每闭上眼，都听到肚子隆隆隆的叫。又一天就这样熬持过去了，当太阳一步一趋地滑至西山时，先爷果真睡着了，再次睁开眼睛时，脸上冷丁儿挂出一层笑意来。他扶着棚柱起身站在那儿，望着西去的落日看了看，估测日光降到了四钱不足的重量后，先爷问着太阳说，你能熬持过我吗？我是谁？我是你的先爷哩。

先爷对着落日又撒了几滴尿，回过头来对卧着的盲狗说，起来吧，我说过睡醒了就有东西吃，就一定会有东西吃。

盲狗从田地上费力歪身地站起来，整个身上的毛，凌乱又卷曲，散发着焦焦燎燎的黄味儿。

先爷说，你猜我们吃啥？

盲狗迎着先爷看，厚了一脸灰惘然。

先爷说，给你说吧，我们有肉吃。

狗果真把头仰了起来，用洞眼盯着先爷不动弹。

先爷说，真的有肉吃。

说完这句话，西山脉的太阳叽哇一声冷冷笑着落山了。转眼间，山梁上的焦热减下去，田地间开始有了青绸薄丝般的细凉风。先爷去灶旁取来一张锨，到田地头上挖，挖出树窝儿的一个坑，扁扁又圆圆，有一尺五寸深，把坑壁挖得崖岩一般立陡着，然后生起火，烧滚一口水，从玉蜀黍袋里撮出一星糁儿来，在那开水里拌了盛进碗里去，之后放入那个土坑里。这时候正值黄昏间，山梁上安静得能听到黑夜赶来的脚步声。从沟底漫溢上来的有点潮湿的凉爽和惬意，雾样包围了先爷和盲狗。他们远远地坐棚架下，听着坑那边的动静不说话，让黄昏以后的夜色和静谧，墨黑的庄稼地样盖着他们俩。

先爷问，你说老鼠们会往坑里去跳吗？

狗把耳朵贴在地上细听着。

月光洒在田地里，山梁上的土地都成了月光水。静静谧谧间，盲狗果真听见老鼠踢动月光的声响了。先爷悄悄朝土坑摸过去，有三只老鼠正在坑里争食吃，彼此为这点糁汤打得马嘶剑鸣着。就这时，先爷猛地用一床被子捂在坑口上，那三只老鼠便都目瞪口呆了。

先爷和狗这一夜统共捉了十三只鼠，借着月光剥皮煮了吃，吃得香味、臊味四溢在天下。到天亮前睡了一觉后，日出三竿时候起了床，把那些鼠皮都扔在沟壑下，便挑起水桶朝三十里外的泉池那边起程了。

十一

此后很长一段日子里，先爷和狗过得平静而安逸，光阴中没有啥起落和烦恼。他们把田地中的几十个鼠坑都挖成瓮罐形，口小肚子大，壁穹悬挂着，只要老鼠跳下去，就再也不能爬上来。每天到夜里，把从田地中找来的十几粒玉蜀黍粒儿捣碎烧煮了，直煮到金黄的香味开始朝着四野漫，才把糁儿汤摆进那坑里，放心地在棚架上纳凉睡一夜，来日准有几只、十几只老鼠在那坑里苍白叽叽地哀叫着。如此一天或是两天的口粮就有了，隔一日去泉池中挑回一担水，岁月便平静得如一道没波没浪的河。活生生在围席中的那棵玉蜀黍，也终于在冒顶的半月后，腰杆上突然鼓起来，眼见着胀冒出拇指样一棵小穗儿。闲将下来时，先爷时常在那穗儿前和盲狗说说话。先爷说，瞎子，你说明天这穗儿会不会长得和面杖一样粗？盲狗看先爷高兴了，就用舌头去先爷腿上舔痒痒。先爷抚着狗脊背，又忽然笑一下，说玉蜀黍从结穗儿到秋熟得一月零十天，哪能在一夜之间长成呢。有时候，先爷说瞎子，你来看一看，这穗儿咋就一转眼和指头一样粗了呢。盲狗去看那穗儿，先爷又说你是瞎子你哪能看得见，这穗儿早比我的拇指粗多了。

有一天，先爷挑水回来给玉蜀黍浇过水，闲下无聊在空白地上空锄了一片田地后，忽然发现穗儿吐了缨子了，粉奶色的白，从穗头儿上茸茸冒出来，像孩娃们的胎毛一个样。于是他就站在穗儿前，呆了片刻哑然一笑说，秋快熟了呢，瞎子你看见没？秋快熟了呢。

不见有回应，先爷扭头找瞎子，看见它在沟边吃昨天剥下的鼠皮鼠骨头，嚼下了一世界热臭和一地飞舞的老鼠毛。先爷也便过去说，不脏呀？瞎子。盲狗不语领着先爷朝鼠坑那儿去。到了鼠坑边，先爷心里咚地跳出一个冷惊吓，原来那鼠坑里，只有一只小鼠儿。这是半个月来，老鼠落进坑里最少的一次了。前天是五只，昨儿是四只，今儿便只有一只了。当日又在其他梁上挖了几个鼠坑洞，每个坑里都放了几粒玉蜀黍的碎糁儿，来日一早去那坑里捉老鼠，有一半鼠坑都空着，其余坑里也仅一两只。

再也没有过一个坑里跳下几只甚或十几只的那种境况了。半月鼠肉丰足的日子过去了。在捉不到老鼠吃的日子里，先爷独自到梁上，用秤称了日渐增多的日光重量后，独自立在一个梁顶尖，对着锐恶的日光看了看，心里有了一丝惶恐感。这惶感一经生出来，霎时就岭岭梁梁、苍苍茫茫地漫山遍野着。他捉回一只鼠，回来剥了煮了又用布包着，轻轻拍了几下狗的头，让它守着田地边，自己又起程走去了。先爷见路就走路，遇弯就拐弯，就那么惘惘然然地走了一晌儿，转了五个空村落，最后到最高的一道梁上立下来，和太阳对视一阵子，拿手托着称了太阳的重量后，长长叹了一口气，坐到一段崖下的阴凉歇起来。那段土崖壁，陡峭直立着，擎不住日晒的碎土粒，不时从那崖上雨样洒下来。眼前的田地上，干裂的缝隙网在坡面深得像峡谷，手指伸在那缝里，能感到有股凉凉的风。再往远处瞅，蜿蜒不止的山梁子，如连绵的焰光在烧着起腾着，盯着看一会儿，会觉得眼角的热疼也像着了火。先爷就坐在那焦热暗黄的崖阴下，从口袋取出布包儿，打开来发现原来鲜嫩一团的老鼠肉，煮熟时又红又亮如半截红萝卜，可这过了只半天，却变成了乌黑乌黑的颜色了，仿佛一把污泥样。先爷把鼠肉放在鼻下闻了闻，香味荡然无存不知去了哪儿，剩下的只有灰色的臊味中，夹了淡淡的霉白色的臭。他走了大半天的山野路，委实饿得没了一星儿耐性和力气，撕下一条鼠脚正欲吃下时，又发现那鼠肉中有几粒白亮亮的小东西，米粒一样动来动去着。身上叮当一个哆嗦先爷怔着了，想把那鼠肉扔出去，可伸了一下手，又把手给缩回了。

先爷闭上眼，张大嘴，一口把那只鼠的头、身塞进了嘴里去，咬下三分有二用力嚼几下，猛地咽进肚子里，又一口就把老鼠吃完了。

吃完鼠肉睁开眼，先爷看见他面前的焦地掉着两只蛆，片刻之后就干在了土地上。

披着暮黑回到田地间，这一夜先爷坐在玉蜀黍的身边通宵未合眼，任盲狗怎样与他亲，他也岁岁月月地默然不说话。先爷望着天，望着穗缨儿转红的玉蜀黍，至天将亮了时，忽然坐起来，独自踏着早晨蒙亮的清色去往村落里。

山脉上的世界无边无际地空旷着。盲狗朝山梁那儿追着先爷走了一程子，又回来死守着那棵玉蜀黍。

它在守着等先爷。

先爷午时回来了。他从村里滚回来一个口若簸箩的酱色大水缸。先爷把水缸竖在那棵玉蜀黍旁，到梁地走了几圈终于捉回一只小拳头似的鼠，他用手掐着鼠脖子，到棚下把那老鼠给杀了，将鼠血滴在碗里边，然后把鼠皮喂了狗，自己炖了鼠血、煮了鼠肉后，将鼠血一吃喝，又包上鼠肉、挑上水桶上路了。

先爷要把水缸挑满水。

走在梁道上，先爷在心里算计着，满天满地的三十几个老鼠坑，那坑里统共还有九只鼠，他和瞎子伙着一天吃一只，九天后也就最终粮尽了。所有的田地里，都已没了几个月前村人们点播下去的种子粒；所有的村落里，都没了半粒粮食和半棵野菜草。在这正是秋将熟的季节里，日光的重量一天一钱地上涨着，玉蜀黍这时最需要养分和水分。先爷在这九天内，一天一担把缸挑满水，那时候他和瞎子就是坐着活饿死，玉蜀黍也可以因为有水长成一棒儿穗。这样算着先爷独自踢着尘土走在梁道上，恶锐的日光一束一束斜刺刺地戳在他的身子上。他又闻到自己胡子的焦煳气息了。把那只煮熟的老鼠放在桶里边，用草帽盖在桶口上，汗从额门上流下来，用指头刮刮汗，把舌头伸出来在手指头上舔舔汗渍湿。觉得有汗流在了膝盖上，也就蹲下来，把膝上的汗水重又吸进肚里去，尽力不让身上的水分白白流落在日光里。好在他每天都是天不亮时挑着水桶朝北去，到日将平南时，距泉水还有五里、六里才会大汗淋漓呢，如此就只需在这五里、六里的路上吸喝自己的汗。至日悬高顶时，也就到了泉边上，就可以吃着老鼠肉，喝下一肚水，好好歇息一会儿，待力气恢复了，挑一担水呼哧呼哧爬上山梁坡，渴了继续趴在桶上喝，饿了也趴在桶上喝。这时候也就到了晌午间，太阳炽烈没有一两重，也有八钱或九钱。在那寂热寂烫的日光下，先爷能听到脸上、身上汗的汩潺流动声。先爷不恨这日光，也不抱怨天旱末日世界上只有他和狗，只是在两腿累得哆嗦那当儿，不断地问着自己说，我就老了吗？我就老了吗？村里有过七十岁的老汉还能和女人生孩娃的事，我怎么就挑不动一担水了呢？可是说到底，他的双腿还是软得不行了，只好放下水桶喘歇一阵子，趴在桶上喝个肚圆儿，然后再谋划计算着，每挑一担水，几十里路要歇二十次，再或三十次。每次歇下都要喝些水，如此地喝了流着汗，流了再喝水，每次挑两桶回去就只剩一桶水。

大缸里的水已三分有一深，可田地里的老鼠五天后就只有四只了。玉蜀黍在日光下长得旺绿如墨着，缨子在转色红了后，似乎停息不再变颜色，穗儿虽有细萝卜似的粗，可那缨子不再变色好像穗儿也歇下不长了。顶不黄，缨不黑，玉蜀黍离成熟还有遥远一段路程呢。到了黄昏时分里，山野里热烈干干一片着，又到处都是红浆浆的血颜色，先爷杵在那血浆里，用手摸了茂绿的穗儿和缨子，柔软的感觉使他心里有了寒意升上来，什么时候才是秋熟期？按眼下这长势，怕是最少还得二十天或者一个月。他算了日子和季节，从村人离开村落起，至今已有四个月。玉蜀黍一般熟期为四个半月或者再多些，这棵玉蜀黍因为多灾多难，熟期自然要延长。先爷心里无端生出许多雨蒙蒙的忧伤来。他领着盲狗往每个鼠坑又去走一遍，仍然没有发现坑里多出一只鼠。先爷迎着梁上的风口站一会儿，又莫名地仰躺在路边。地上红褐火烫地热，透过他的后脊背，在他的体内踢踢踏踏滚动着。狗就卧在先爷身边上，瘦得卧下似乎再也没有力气站起来的样。有一只老鼠细细弱弱的饿叫声，从坑里有气无力地传过来，引诱着狗和先爷山崩地裂的饥饿和食欲。

盲狗扭头面对着鼠叫的方向一动不动着。

先爷盯着天空依然沉默得岁岁年年着。

时间就这样寂寂响响走过去，到后来，先爷翻了一个身，在山脉上弄出了一个惊天动地的响，盲狗以为先爷终于要开口说话了，忙不迭地转过头，先爷却站起身子走掉了。先爷回到棚架边，不说话只是轻轻捏捏摸摸玉蜀黍穗，闷着站一会儿，朝着远处茫茫然然望了望，嘴里浑浊地嘟囔了一句啥，然后借着月色挑着水桶北行了。

先爷连夜又挑回一担水。这担水他只喝了没几口，到那缸边满满当当还是整两桶。往缸里倒了一桶半，剩半桶往玉蜀黍棵下浇几碗，另几碗倒进一个盆子里，让盲狗渴时有水喝，接着煮了一只老鼠后，便再次挑上水桶走去了。

一连整三日，先爷夜晚挑回一担水，白日挑回多半担，如此水缸也就满起来。先爷决定趁着身上还有一股力，坑里还有一只鼠，最后去泉沟又挑一担水。这担水可供他和瞎子充饥耐渴许多日。当然不能指望有雨落下来，他只能指望这些水能让玉蜀黍熬持到秋熟穗熟的日子里，能让那穗玉蜀黍棒儿里的每一粒，都熟得饱饱满满着。一棵小苗儿，至秋熟掰下时，就是金黄一捧子。棒穗上一行如有三十五粒玉蜀黍，一圈儿最少二十三行左右着，那就是一捧玉蜀黍，有几百近千个的颗粒儿。四个半月过去了，无论如何说，秋熟的日子是一天天地踏来着，正午时候已经能闻到那穗儿里黏黏黄黄的热香味。至着夜半时分后，那香味就纯净得如麻油一模样，一阵一阵地飘出来，蚕丝一样荡在田地间。

先爷是月正中天时候去挑的最后一担水，回来是第二天的午后间，一路上统共歇了四十一歇儿，路上渴饮了最少半桶水。挑着最后多半担的泉水回到田地梁头后，他一直坐下歇至暮色降落时。以为自己再也没有力气把这半担水挑到棚下缸边了，就决定去煮吃了那最后一只老鼠肉。那是九只鼠中最大的一只鼠，一拃长短着，鼠眼呈红色。可他到了那最远的一个鼠坑里，却发现罐似的坑里除了有老鼠蹬落碎下的土，坑里却空空荡荡，老鼠不知去了哪儿。先爷怔着蹲在坑边上，又看见坑里还有盲狗的脚痕在那一层碎土上，有凌乱的鼠毛和枣皮似的血渍在土上。

先爷不说话，在那坑边蹲至天黑没有动一下。

月亮出来时，先爷冷冷笑了笑，嘴角像一块薄冰慢慢裂开那样儿。他终于要开口说话了。慢慢站起来，望着月亮中移动的云团和烟影，先爷嘟囔着说，瞎子，你把那只鼠吃了，吃了好。你吃了我就可以对你说，以后的日子不是你把我当饭吃，陪着玉蜀黍活下来，就是我把你当饭吃，陪着那棵玉蜀黍活到秋熟时候了。先爷想，瞎子啊，这话我终于可以对你去说了，多少天我都找不到说这话的机会呢。先爷开始一步步地朝着棚架下面去，双腿虽然酸软着，步子却还能一步接一步地迈起来，且到梁头上，还把那半担水也挑了回去了。

盲狗就卧在棚架下，听见先爷的脚步声，它晃着身子站起来，似乎想朝向先爷走过去，结果却默默地往后退几步，卧在了玉蜀黍的围席口边上。月色溶溶着，还染有许多炽白色的热溽气。先爷把桶放在缸下边，揭开席子看看缸里的水，脱掉鞋子倒出鞋里的石子儿，瞅一阵挂在棚柱上的老鞭子，然后咳一下，轻轻慢慢说，瞎子，你过来。

这是几天里盲狗第一次听见先爷在叫它。月光下，盲狗微微缩了一下身，费力怯怯地朝前挪一步，又对着先爷坐的方向站下来，背上稀疏的毛里响出了细微的哆嗦和吱喳声。先爷把目光扭到远处去，说瞎子，你不用害怕我，吃了就吃了，那是你我的最后一嘴口粮哩，你就是把我的那份吃了我也不怪你。然后先爷把头扭回来，说瞎子呀，有句话到了我该给你说的时候了，因为你看不见，我就对你实说吧，这山脉上方圆上百里，再也没有一粒粮食了，没有一只老鼠了。三天后你和我会饿得连说话的力气也没了。到了那时候，先爷顿顿说，你要想活着，你就把我当饭一顿一顿吃了去，然后守着这棵玉蜀黍，等村人们回来后，把他们引到这儿来，让村人将这棒穗儿掰了去；当然了，先爷歇了一会儿继续道，你要感念我养活你这四五个月，想让我活在这世上，你就让我把你当饭吃了去，让我熬活到秋熟那时候。先爷说，瞎子，这事由你决定了，你想活着你就今夜离开这儿，随便躲到哪儿，三朝五日回来后，我也就活活饿死在这儿了，你也就有了吃食也有水喝了。说完这句话，先爷朝着别处望过去，用手在他脸上抹一把，自上而下着，有两行泪水湿在他的手心上，然后就默着不再说话了。

田地、山野、夜空和玉蜀黍，这时静得月光落地也和流水哗哗的响声一模样。

盲狗一动不动地站在那儿，待先爷把话说完后，它待了一会儿，开始缓缓朝先爷走几步，到了先爷的膝盖下，它慢慢将前腿曲下来，后腿依然直立着，而它那瘦骨嶙峋的头，却又高高地抬着半勾着，用一双枯井似的眼洞望着先爷不出一点声响儿。

先爷知道它是朝他跪下了。

跪了后，盲狗又起身，慢缓缓地走到灶边上，用嘴拱开锅盖儿，从锅里捞出了一样东西朝着先爷走过来。

盲狗把那东西放在了先爷脚面上。是一只褪了皮的鼠，水淋淋的在月光中呈出青紫色，一眼便知老鼠身上的淤血都还在肉里，不像先爷杀鼠时，开肠又破肚，血都一滴一滴流出来。先爷拿起那团紫肉看了看，盲狗的牙痕在肉上蜂窝一样密集着。屏着气却又舒了一口长气儿，先爷说你把鼠皮吃掉了？就是全都吃了也没啥儿啊。只要你能活下来，用不着给我留这口粮呢。到这儿，先爷觉得他把你死我活的话儿说早了，似乎自己对狗有些无情无义了，就把它在自己怀里抱一会儿，腾出手把那鼠肉对着月光照了照，说你看这肉满肚子都是青颜色，怕如何也没有放血刀杀的好吃了。

盲狗就去舔着先爷的手脖儿，挣着身子下来卧在先爷腿边上，把头枕在先爷的脚面上。

鼠肉先爷来日煮吃了，给了盲狗一半说，吃吧你，能活到哪天说哪天。盲狗不张嘴，他硬往它的嘴里塞了一个鼠头和四条鼠腿骨，剩余的熟肉先爷拿在手里边，站在玉蜀黍穗儿前，细嚼慢咽着。他知道这两口紫肉吃完就彻底粮尽了，余下的就是倒在地上直饿到力尽死了去。死了就死了，七十二岁啦，是山脉上的高寿呢。天下大旱，炊粮尽绝，不仅又活了这半年，还养了这么一棵玉蜀黍，树一样高出他三头，叶子又宽又长着，穗儿已经和萝卜一样粗。先爷盯着穗儿上的缨子细看着，待把那鼠肉吃完了，把指头放在嘴里嘬得有声有响时，忽然有样东西雪花一样飘着打在了先爷左脸上。缓缓抬起头，先爷的指头便僵在嘴里了。他看见玉蜀黍顶原来的黄缨在一夜之间转成了红黑色，顶上谷壳似的小片毛儿开始飞落了。就是说，玉蜀黍它要授粉了，要开始结出颗粒子儿了。

秋熟天就这么突然来到了。

先爷惊喜着抬头望了一会儿天，刺白的光芒一根根在空中相互撞得砰砰叭叭响。有风就好了，先爷想，这季节应该刮些风。有风玉蜀黍的授粉就敏快和均匀，子儿长得会壮实又齐整。把手从嘴里抽出来，在裤衩儿上潦潦草草擦几下，先爷开始小心地用手去捏玉蜀黍的穗包儿。隔着厚厚的穗包皮，先爷摸到了熟萝卜似的软穗上，有一层不平整的半弹硌手那东西。一瞬间，先爷的心砰的一下停住不跳了，像门扉突然关了样。他的手僵在穗儿上，一张脸硬在半空间，双唇紧紧地闭起来。片刻后当他认定是穗儿结的子儿在包里软弹硌手时，如同门扉又突然开了一模样，涌在心里的轰隆隆的跳，锤样砸在他胸上。他的脸上开始有了喜色和跳动，在干裂黝黑的皮皱下，仿佛有一条湍急的河流在淌着。这时候，停在穗包儿上的手，冷丁儿癣症般地奇痒起来了。他把手拿回来在嘴前吹了一口气，走出围席圈，取下挂在干槐树上的锄，就在玉蜀黍周围嘭嚓、嘭嚓锄起来。溅落的土粒和尘星，像小麦、谷子样细碎、匀称着，包含着热烫的秋熟期的金色郁香味。从玉蜀黍棵前一锄挤一锄地锄到围席下，先爷累得喘气声如碎麻绳一样短乱着。接下他把围席拆除了，将席片、立柱扔在槐树下，盲狗不知所措地跟在他身后。先爷不言不语地把地锄到原来围席外的老远处，又回头锄到大水缸的外一圈，直到不小心锄头碰在水缸上，那缸发出一声清脆、湿润的尖叫声，他才猛地立下来，痴愣愣站了片刻后，脸上灿烂出一层热辣辣的笑，大声说，瞎子，秋熟期到了，玉蜀黍结了子儿啦。

盲狗用舌头舔了舔上下唇。

先爷躺倒在地上对天唤，我熬到时候啦，秋熟期到啦；我熬到时候啦，秋要熟了呢。

盲狗又用舌头舔着先爷的手。

先爷在盲狗痒痒的舌舔下，孩子样在地上打了一个滚，就把眼睛闭起来，要睡一样不动了。

竟也真的睡着了。醒来后又去细看那玉蜀黍穗，先爷脸上的兴奋慢慢就没了。他发现玉蜀黍叶上的墨绿不如先前浓重了，透出一层薄薄浅浅的黄。这黄不仅下面的棵叶有，就是棵顶刚生不久的叶子也还有。先爷一辈子种地养庄稼，他知道这是玉蜀黍缺少肥料了。知道这是玉蜀黍结子的关键时节和当口，肥足水足才能满子儿。且肥料最好是人粪尿。往年这季节，他都在每棵玉蜀黍旁倒上满满一瓢人粪尿。他的庄稼如小麦、豆子、高粱等，从来都是村里最好的。他是耙耧山脉无人可比的庄稼好把式。这时站在那棵玉蜀黍前，先爷的嘴唇干成这山梁上的裂旱地，可他没有过去舀水喝，也没有给狗舀水喝。他想着应该去哪儿弄些人粪尿。村里的茅厕全都干得生白烟，留下的粪便也早就晒得如干土一样没有肥力了。他和这盲狗，已经许多天似吃无吃着，压根没有便粪那意思，肠胃吸去了他们吃下的全部鼠肉和骨渣。先爷想起吃过的鼠皮和骨渣，到沟下找了一个遍，却连一张一片也没有。他猜想，那些鼠皮在他去泉池担水时，可能都被瞎子吃尽了。从坡下气喘吁吁爬上来，想问盲狗吃没有，可他只在它面前默着站了站，就去锅里喝了一碗漂有油花的煮肉水，没有盖锅盖，回身对狗说，渴了饿了就去喝，然后就拿着粮袋回村找肥了。

先爷去了大半晌，空着袋儿从村落回来时，拄了一根竹棍儿，每走几步都要停下歇一会儿。他彻底没有力气了，把空袋丢在田地上，到棚下看盲狗还依旧卧在那儿，锅里的一碗煮水也依着旧样儿，水面上漂着十一点油花仍是十一点。你没喝？他问盲狗说。盲狗微弱地动弹一下身，他就过去用勺子舀着又喝了少半碗，十一点油花喝了五点儿，对狗说剩下的全是你的了。然后又回到了玉蜀黍前，重新再看那玉蜀黍叶，那层浅黄似乎浓起来，绿色仿佛隐在了黄色下。先爷想，你这老东西，种了一辈子地，为啥就忘了早些备下肥料呢？你不是村里的一个先爷吗？你不是方圆几十里的种地好手吗？我操你祖宗啊，咋就想不起玉蜀黍结子儿时候是最需肥料呢！

先爷这一夜就睡在了玉蜀黍的棵儿下，第二天醒来发现有几片玉蜀黍叶上的绿色似乎褪尽了，黄色像纸样布在叶子上。

第二夜，先爷仍睡在玉蜀黍棵儿下，第三天醒来后，不仅发现又有两片叶子自上而下虚黄着，还看见穗儿上的红缨也过早地有两丝干枯了。捏捏玉蜀黍的穗包儿，有些软弱如泥感，和他与狗身上的皮肉样，包里硌手的那种感觉烟消云散了。

第三夜，先爷在玉蜀黍棵下没有睡，他用最后的力气在玉蜀黍棵边挖了一条长槽坑，尺五宽，三尺深，五尺长，刚能躺下一个人，或松松活活躺下一条狗。

这条槽坑是墓坑。

墓坑紧临着玉蜀黍棵，有几须玉蜀黍根就裸在坑壁上。待坑挖成后，先爷躺在地上歇了歇，到灶前看看锅里仍还盛着的半碗煮肉汤，六点儿油星在正明亮的月光下，星星样贴着锅边停泊闪烁着。他想喝那油水汤，用勺子舀起重又放下了。说过这半碗油水汤儿是盲狗的，我这怎么能喝呢。嘟囔着他转身去找狗，说瞎子哦，三天过去了，你咋就饿着不喝哩？

盲狗卧在棚架下。这三天它一动不动地卧在棚架下，清凉的夜色浇在它身上，整个身子像一蓬干草虚在那儿。说是干柴草，却又抬头朝先爷说话的方向注了一盲眼，没有接话就又把头耷拉在了前腿上。天已经有了蒙蒙的亮，山梁上的夜色正和白天的亮光转换着。这时先爷看看狗，去它身上抚摸着说，去喝吧，那是你的你就喝掉吧。然后自己去趴在缸上喝了几口水，取出一把剪刀来，开始在缸壁底脚锥子一样钻起来。

先爷在缸底钻出一个洞，有水从那洞里渗出时，又用一把土将那小洞糊上了。做完这一切，似乎再也没有事情可做了，把锄挂在树枝上，把锨放在墓坑边，把水缸口用席盖严实，把棚架上的被子叠起来，把碗、筷、勺儿都收拾到棚柱下，最后在玉蜀黍棵前看了看蔓延在叶上的虚黄色，捏了如一兜水儿似的包穗儿，转回头，太阳就呼的一下从东山梁的两个岭间涌将出来了，红渍渍一片投在山脉上，宛若山山野野都汪洋下了血。先爷立在玉蜀黍和棚架正中间，望着眼前的山梁们，似乎看到成千上万的红背牛群在朝四面八方走动着。他知道他没有力气了，眼花缭乱了。揉揉眼，把目光往天空瞅了瞅，看见镶了金边的鳞片云，在太阳前跳跳跃跃，如游在一汪红湖中的无数的鱼。今天的日光少说有一两四钱重，先爷这样想着扭头看了一眼挂在棚架上的秤，然后朝盲狗面前挪了挪，把狗抱起来，放到那个墓坑里，让它在坑里息歇一会儿，又从坑里把它抱出来，说瞎子，知道是啥儿意思吗？这次真的不是你死就是我死了，咱俩谁活着就把死了的埋到这坑里。说到这儿后，先爷把手放在狗背上梳着它的毛。去它的眼角擦了一把泪，又从口袋摸出一个铜钱儿，把有字的一面朝着上，拿起狗的右前爪子在那字上摸了摸，说生死由命吧，我把这铜钱朝往天上抛，落下来有字的涩面朝着上，你就把我埋在这坑里做肥料，有字的涩面朝着下，先爷我就把你埋在这坑里做肥料。

狗的两井枯眼盯着先爷手中的铜钱没有动，浑浊的泪水半黑半红地汪汪流出来，滴在了先爷新挖出来的墓土上。

不用哭，先爷说我死了阎王让我变成畜生我就脱生成你，你死了阎王让你变成人，你就脱生成我娃儿，我们照旧能相互依着过日子。

狗的眼泪果然不流了，它想试着站起来，努了一下力，前腿一软又卧在了墓土上。

先爷说，你去把锅里的半碗油星汤儿喝了吧。

盲狗朝先爷摆了一下头。

真不喝？先爷说不喝就留给那活着的喝。现在我就扔这铜钱了，谁活着就喝了那半碗油汤水，蓄下些力气把那死的埋进这坑里。

盲狗把盲眼对着先爷锄过的一片平地上。

最后先爷在狗背上梳几下，从土堆上慢慢站起来。太阳正快步地朝这条梁上走。仔细去辨听，能听见这空旷的焰地有旺火腾起的噼啪声，像布匹在梁地那边一起一落扇着风。他看着日光骂了一句我日你祖先呀，就瞟了一下手里那铜钱，扭头对狗说，我扔了呵，便果真把那枚铜钱抛在半空中。太阳光密密麻麻如火焰林地样，铜钱碰着那一竿竿的光，发出火铁碰火铁的红亮亮的响，从快到慢升上去，又从慢到快落下来，旋旋转转翻着身个儿，把那光束截断得七零八落着。先爷盯着从半空降下的铜钱儿，像盯着突然发现的一枚硕大无比的雨滴样，眼珠僵呆呆的有些血痛在眼眶。

这时候，盲狗从那土堆上竟然站将起来了。它听到了铜钱下落时，有一股红黄色的风声在吹着，仿佛一枚熟杏被风吹落在了草地上。

先爷朝那枚铜钱走过去。

盲狗跟在先爷身后边。

先爷到一锄土块前，腰没彻底弯下就又直起来。他看看那枚铜钱儿，深长深长地叹了一口气，转身平平静静说，瞎子，去把那半碗油汤喝了吧，喝了你就有力气扒土埋我了。

盲狗站着不动弹。

先爷说，去吧你，要听话，喝了你就该埋我了。

盲狗依然不动弹，静一会儿它又慢慢在先爷前面腿一曲，突然朝先爷跪下来。先爷说，不用跪，这都是天意呢，合该我做玉蜀黍的肥料了。然后他捡起那铜钱，让狗的右前爪子摸了朝上有字的铜钱面，说你觉得过意不去了，我再抛两次这铜钱，如果三抛有两次背面朝天我就死，两次光面朝天你就死。

盲狗从地上再次起来。

先爷又抛了一次铜钱儿。铜钱就落在盲狗前，先爷看一眼，说声不用再扔了，就软软地坐在田地上。盲狗寻着那落钱声，用前爪去摸了铜钱面，又用舌头舔了那钱面，卧下来哭个不停着，呜呜声像一个哑巴的孩子哭着喊娘样，泪从黑眼洞里哗哗流出来。瞬时它的头下就有了两团儿泥。

去把那半碗油汤喝了去，先爷说，喝了你就有力气扒土埋我了。说完这句话，先爷起身到那棚架下，抽出一根准备好的细竹管，二尺长短着，中间的竹隔都被戳通了，用嘴一吹通达流畅呢。先爷把那竹管塞进缸下的小洞里，用胶皮垫了小洞周围的缝，使洞边渗不出一丁点儿水，然后把细竹管的头儿朝下压，正好有一粒细水滴滴答答着，玉粒样晶晶莹莹落下来，一滴接一滴地落在玉蜀黍棵的最根部。立马间，那儿的土地就响起了半青半红的吸水声，不一会儿那儿便湿了一片土。

先爷用碎土围着玉蜀黍棵儿堆出一道小土圈，预防水滴多了流到远处去。做完这些精细的活儿后，他拍拍手上的土，扭头看看正头顶的太阳光，取下秤称了那日光，是一两五钱重。然后把鞭子取下来，站到空地处，对着太阳连抽十余马鞭子，使日光如梨花一样零零碎碎在他眼前落下一大片，且还抽着唤骂着，我日你祖奶奶！我日你祖奶奶！直到最后力气用尽了，才去挂好马鞭子，又用嘶哑的声音对着太阳大声道——你先爷我照样能把这棵玉蜀黍种熟结子你能咋样我？你能咋样我？！

十二

日光中一直响着焦黄沙沙的回应声，仿佛一面破了的铜锣被敲着，从这面坡地响到那面坡地去，愈走愈远，直至消失。先爷等那声音彻底净尽后，扯过一条囤席来，拿着囤席朝那槽墓走过去，对卧在墓坑边的盲狗说，埋了我你沿着我给你说的路道朝北走，到那条泉水沟，那里有水喝，还有满地黄狼吃剩下的骨头渣，在那里你能活到荒旱后，能等到耙耧山人从外面世界逃回来。说老天安排我不能和你一道活着了，今儿死是死，明儿后儿也是死。说着太阳正照在先爷头顶上，头发间的土粒一摇一晃碰得叮当响。说完这番话，先爷拿手去头上拂了土，便下到墓里去，紧贴着有玉蜀黍根须的一面墓壁躺下了，自己把囤席从头至脚盖在身子上，说扒土吧，瞎子，埋了我你就朝北走，记住我对你说的路道朝那泉水沟里去。

山脉上静无声息着，酷烈的日光中，隐隐藏有火焰要突然腾起的暗涌和流动。在茫茫空旷里，岭梁上的焦煳气息雾样卷起来。山脉、沟壑、村落、路道和干涸的河床与岭梁，到处都旷日持久地弥漫着火汤水似的黏稠和光热。

以为秋天无雨冬天一定会有雪，可冬天却迟迟不肯跟着秋天走过来。然在冬天终于来了后，却又是一个酷寒酷冷的白干冬。大旱一直无休止地持续到下年麦天时。那时节天空终于有了雨乌云，乌云时弥时散反复半个月，也才有雨落下来。沉昏的雨天如日光样罩了耙耧山脉整整四十天。四十天里雨水卷东聚西，铺天盖地，下得满世界洪水滔滔、白白哗哗着。苦熬至雨过天晴后，又到了种秋季节里，山梁上开始有人从世界外边走回来，挑着铺盖、碗筷和行囊，手里扯着长了一岁的娃。夜晚间，踏着月光的脚步声，零零星星半青半白在山梁上。到了白日里，山梁上便人流滚滚了。拉车声、挑担声和说话声，望着山脉上新生的青草、绿树的红惊白声，像河流一样在梁道上滚动翻涌着。

随之而来的是种秋。这季节逃难回来的村人们，噼啪一个冷噤后，猛地发现各家各户都没秋种子。整个山脉方圆几百里，谁家都没有一粒秋种子。

也就这时候，忽然有人想起先爷了。想起一年前先爷为了一棵嫩绿的玉蜀黍苗儿留在了山脉上。于是间，村人都朝八里半外先爷家的田地走过去，就都老远看见那一亩几分田地里，有孤零零着一个棚架子。到那棚架下，就都看见凡是先爷锄过的田地里，草盛得和种植一模样，厚极的一层绿色间，散发着浓密纯蓝的青稞味和淡黄润白的腥鲜味。他们听到了在这满山秃荒中，草味叮咚流动的声响如同静夜中的河水样。在这绿草里，村人们最先看到的是一株去年都已熟枯了的玉蜀黍棵，棵的顶缨已被折断了，如小树一样的玉蜀黍秆，半歪半斜在两领围席旁，那布满霉点的玉蜀黍叶，有的落在草地上，有的仍然长在棵秆上，如湿过又干的纸样在飘着。有一个和棒槌一样大的玉蜀黍穗，倒挂在棵腰间，沉稳晃晃地随风摆动着。黑色焦干的穗缨儿，被手一碰摸，便花谢样落在厚草里。村人们把这穗玉蜀黍棒儿给掰了，迅速剥下穗儿上的干包皮，发现这棒硕大的玉蜀黍穗，粗如小腿长如胳膊着，共长了三十七行玉蜀黍。而这三十七行中，只有七粒手指肚儿大、玉粒一般透亮的玉蜀黍子，其余都是半灰半黄、没有长成就干瘪如瘦豆子样的玉蜀黍子。

这七粒玉蜀黍子，星星点点地布在一片灰色的干瘪里，像黑灰色的夜空中，仅有的七颗蓝莹莹的星。村人们望着这棒只有七粒玉蜀黍子的穗，默默地站在棚架下，目光四处搜寻着，便看见那大缸上的围席被风吹到了沟边锅灶旁。水缸里没有一滴水，有很厚一层土。水缸下插的一根细竹管，已经裂下许多缝。在水缸的东边上，扔有几个碗和勺。碗勺的上边是挂在棚架柱上的一根鞭子和一杆秤。在水缸的西南五尺远，紧贴玉蜀黍棵的草地上，有一堆草从高出地面来，又有一片草丛陷在地面里，正显出尺半宽、五尺长、二尺深的一条槽坑样。在那槽坑最头的深草中，卧了一只狗，枯瘦嶙嶙的皮毛上，有许多被虫蛀了的洞。狗头上的两眼井窝里，乌黑而深邃，如走不到尽头的黑胡同。那一整个的狗身子，都被太阳晒干了，村人们用脚轻轻碰一下，就把它踢到了槽坑外的草地间。然当狗被踢了出去后，槽坑一下显出了它棺材样的墓坑形，于是村人心里哗啦一声响，便都明白了这是先爷的墓。先爷就埋在这条槽坑里。

为了把先爷移到老坟去，村人们把这条墓坑挖开了，第一锨下去就听到了青白色的咯咯嘣嘣声，仿佛挖到了盘根错节一样儿。小心翼翼地拔了坑里的草，把虚土翻出来，每个村人眼前嘭一下，便都看见先爷的裤衩已经无影无迹了，成了一层薄薄的土。他的整个身子腐烂得零零碎碎着，各个骨节都已脱开来。有一股刺鼻的白腐味，烟雾一样腾空飘荡着。先爷躺在那墓里，有一只胳膊伸在那棵玉蜀黍的正下面，其余的身子都挤着靠在玉蜀黍棵的这一边，浑身的虫蛀洞，星罗棋布、密密麻麻如是蛛网眼，比那盲狗身上的蛀洞多出几成儿。而那玉蜀黍棵的每一根根须却都如是藤条样，丝丝连连，呈出粉红色，全都从蛀洞长进去，扎在先爷的胸膛上、大腿上、手腕上和肚子上。有几根粗如筷子的红根须，穿过先爷身上的肉，扎在了先爷白花花的头骨、肋骨、腿骨和手骨上。有几根红白相间的须毛根，从先爷的眼中扎进去，又从先爷的后脑壳中长出来，深深地抓着墓底里的硬土层。先爷身上的每一节骨头和每一块肉，都被网一样的玉蜀黍根须揪串在一起，通连到那棵玉蜀黍的棵秆上去。到了这时候，村人也才看见那棵早断顶的玉蜀黍，下面还有两节秆，在过了一冬一夏后，仍微微泛着水润润的青颜色，还活在这年这月的这个季节里。

想了想，村人们就把先爷原地安葬了。把干草似的狗，并着先爷埋在了那条墓槽内。新土的气息在这面坡地里，漫下了浅浅一层温暖和腐白。葬至最后间，要走时有人在棚架床的枕下面，发现了一本被雨淋过的万年历。有人在草地上捡到一枚老铜钱。铜钱上生满了古味和绿锈。把那绿锈粗粗糙糙抹了去，发现铜钱的这边有铸字，铜钱那边也还有铸字。没人见过两边都有字的铜钱儿，村人们便都捧着铜钱传看着。看了又扔了。日光明亮而柔润，铜钱在半空碰断了一竿又一竿的光，发出当当啷啷一朵朵红色花瓣似的声音来，落在田地里，又滚到沟里去。

人们把那本万年历拿走了。

日子就这么一日一日着，到了再不能拖延种秋时，耙耧山脉的村人们，吃完了带回的讨食和干粮，终是寻不到秋天的玉蜀黍种，三村五邻的人，又开始结队潮水般朝着世界外面去逃荒。也仅仅不足半个月，数百里的耙耧山脉里，便又茫茫荡荡空下来，安静得能听到日光落地、星月升起的清脆响音了。

而最终留下的，是这个村落中七户人家的七个汉子，他们年轻强壮有气力，在七道山梁上搭下了七个棚架子，在七块互不相邻的褐色土地上，顶着无休无止的寂寥和日光，又种出了七棵嫩绿如油的玉蜀黍。

年 月 日

《年月日》海外媒体评论

阎连科用真实的鲜血创造了想象中的伤口。他的书读起来像是残酷的民间传说，历史不堪回首，他的人物感到被时间捆绑和遗忘，像贝克特最最难忘的人物一样，是一种荒诞的圣人。人如此执着地活着，荒凉从来没有像现在这样粗俗和感性。而这种感性的另一面，又让人想起厄普顿·辛克莱的一句话：瞄准读者的心，打中他们的胃。

——《纽约时报》

阎连科的幻想才华在这部小说中熠熠生辉。虽然题材有些幽暗，但这个个人牺牲的寓言，极有观察力和趣味性。他的叙述让人感觉其内容要比页数显示的大得多，几乎是史诗。

—— 美国《出版商周刊》

在这部弗里德里希·迪伦马特都会为之自豪的小说中，干旱降临在一个已经饱受苦难的山脉。最终除了一个村民，其余村民都逃走了。人物解释道:“我七十二岁了，走不够三天也该累死啦。横竖都是死，我想死在村落里。”这是鲁滨孙的责任，为了躲避以狼群和鼠疫的形式出现的灾难，长者必须牺牲自己，以满足这个世界疯狂的自然之恶。现在“如此平静，你甚至可以听到日光相互撞击和月光落地的明亮声响”。

人们可以想象，通过饥荒、气候变化和简单的不确定性等可怕的头条新闻，借鉴民间传说和科幻，阎连科创作出了怎样令人难忘的作品。

——美国《科克斯评论》

这部作品再次显现了作者对生活中不可能之荒谬的坚定凝视。

——美国《图书馆杂志》

这是充满情感的故事。读者很难不被这一自我牺牲的主题所打动。《年月日》的写作，是向现代中国得以建立的那一代有血有肉的人的致敬。

——《华尔街日报》

阎连科以其高超的文字功底和对意象的熟练驾驭，描绘了一幅凄凉的景象。他的这部杰作，一定会吸引读者。

——《波士顿环球报》

《年月日》是一部关于生命力量的抒情史，在这部作品中，至少有两股分明的血液：现实主义或者虚构写实及抒情。作品通过老人与大旱抗争的故事，将生命的力量表达得淋漓尽致。充满幽默感又富有画面感的语言，为这个近似寓言的故事锦上添花！

——法国《世界报》

这部作品最震撼人心的地方在于它把生命置于最中心的位置，尽管是生命最原始的那部分。这无比动人，因为作者切中要害而入木三分。

——法国senscritique.com网站

大师在他的游戏之巅。诙谐，嘲弄。作品虽然以中国农村为背景，却提供了一个反思我们人类苦难时代的黄金机会。讽刺的眼光和包容的心胸，都得到了很好的渲染，这是一个值得反复回味的故事。

——《多伦多明星报》

这部小说展示了虚幻的想象力和讽刺的睿智。

——英国广播公司

这是一部中国著名的讽刺文学作家的罕见作品。

——英国《金融时报》

《年月日》触动了我们对生活最深切的渴望，唤醒了一种同理心，使读者深感不安。

——土耳其T24新闻网站

这部小说在一个世俗故事的维度中超越了现实主义。大胆的叙事、现代主义的元素、内在的独白、宇宙的意象化，以及人类反抗命运的经典手法，完全超越了民族志的传统。

——希腊《新闻报》

阎连科在《年月日》中通过一株玉米苗、一个老人、一条瞎狗和一个荒芜的村庄，写出了他所需要的一切，提供了人类生存的基本写照。

——西班牙中央电视台

阎连科撰写了一部极其美丽又充满讽喻的小说，他以此来提醒我们，地球不仅是农民的，而且是整个人类的。

——西班牙Culturamas文化杂志

在《年月日》这部作品中，阎连科的写作达到无止境的诗体抒情，这是一部能够代表人类勇气和对后人悲悯的小说。

—— 西班牙《时间层》杂志

《年月日》是中国的西西弗斯，但它同时也让我们感到我们每个人都是可怜的西西弗斯。

—— 意大利《晚邮报》

这是一部非常及时的小说，尤其是在人与自然的关系上。

—— 意大利《宣言报》

人类和动物的最终生存条件在于与自然的协调配合，这需要尊重和爱护。我们知道这一点，在现在的瘟疫猖獗之时，我们感觉更为强烈。然而少有作家有能力像阎连科那样描述这一点。小说让人如醉如痴。

—— 瑞典《每日新闻》

《年月日》是一个难忘的寓言，值得读者反复地阅读。

——《爱尔兰时报》

阎连科从绝望的本质中写出了一本多么充满希望的书。

——《时代》和《悉尼先驱晨报》

这部作品用美丽而细致的诗语，非常成功地表达了所有在贫境、灾难、残酷中的人类精神，其风格堪比海明威的《老人与海》。

——韩国NEWS1网站

每年入选诺贝尔文学奖的全球性作家阎连科，以特创的幽默和对极端事实的描写，用活了中国数千年来的“讲故事”传统，把灾难、贫穷和残酷等极端条件下的人类生存的灿烂精神，描写得淋漓尽致。

——《首尔经济报》

《年月日》是一部人类社会永远不可或缺的小说。

——日本《每日新闻》